MW01714790

Baby Boom

DU MÊME AUTEUR

A bulletins rouges, Gallimard, 1973.
Billy-Ze-Kick, Gallimard, 1974. Mazarine, 1980.
Mister Love, Denoël, 1977.
Typhon Gazoline, Jean Goujon, 1978.
Bloody-Mary, Mazarine, 1979. Prix Fictions 1979. Prix Mystère de la Critique 1980.
Groom, Mazarine, 1980.
Canicule, Mazarine, 1982.
Patchwork, (nouvelles) Mazarine, 1983. Prix des Deux Magots 1983.

© 1985, Éditions Mazarine
75, rue des Saints-Pères, Paris VIe.

JEAN VAUTRIN

Baby Boom

histoires
MAZARINE

Comprenez-moi. Je me méfie du bonheur. Surtout catégorie moyen médiocre. Parce qu'il est arrêt et symétrie. Patatras de la satisfaction de soi. Statu quo et rien après. Je préfère ceux qui risquent. Pari et déséquilibre : la marche vers. Et à ce titre, j'aime la fulgurance. Elle est un état permanent de notre temps. J'y crois. Parce que la fulgurance peut devenir une version précaire de la sagesse. Tout le mystère des êtres consiste à les aimer.

J.V.

Baby Boom

A Laurence Renouf
et Olivier Cohen

Depuis que Tracy a glissé un oreiller sous sa robe et qu'elle prétend être enceinte de six mois et demi, j'ai l'impression d'être une bouteille vide.

Ce matin, juste après les corn flakes, elle m'a fait le coup de l'envie de fraises. J'ai couru en chercher une livre chez l'Italien, il n'en avait pas. Et même deux rues plus loin, là où sont tous les magasins, je n'en ai pas trouvé tout de suite, parce qu'il avait neigé.

De toute façon, quand je suis revenu à la maison, elle n'en voulait plus. J'ai shooté dans le foutu sac de fraises et j'ai voulu partir en claquant la porte de la cuisine. Mais elle m'a retenu par mon pull. Elle a posé ma main sur son ventre et elle m'a forcé à fermer les yeux. J'ai fait ce qu'elle désirait. Elle a dit avec une ferveur invraisemblable :

– Tu le sens bouger ? Dis ? Tu le sens ?

Je n'ai évidemment rien senti, mais j'ai hoché gravement la tête. Son visage scandinave s'est éclairé aussitôt.

– Est-ce que ça n'est pas merveilleux, Dunc, a-t-elle demandé avec son lumineux sourire, de penser que *notre* petit nageur se prélasse ainsi dans le ventre de sa maman ?

Je suis sorti de la pièce à reculons et j'ai grimpé jusqu'à mon bureau.

J'ai regardé ma machine à écrire comme si c'était un corps étranger – quinze jours que je n'arrive pas à travailler – et j'aurais voulu shooter dedans.

J'ai regardé dehors et la neige s'est remise à tomber. Vous auriez juré des milliers d'oreillers que les voisins du dessus auraient secoués par les fenêtres.

Je suis redescendu en cavalant. J'ai arraché le faux ventre de Tracy et je l'ai secoué par la fenêtre ouverte. Le duvet et la neige, il n'y avait pas de différence. Tracy m'a martelé le dos avec ses poings. Elle s'est mise à pleurer sans bruit. Le genre de chagrin que je redoute le plus chez elle.

Et elle a commencé à dire que j'avais tué notre enfant.

Mercredi dernier, nous sommes allés chez ce vrai salaud de Fenimore Altman-Granger. Il est l'analyste qui suit Tracy depuis bientôt trois ans. C'est un blond plutôt décevant, avec une tendance à se voûter malgré ses trente-cinq ans. Et j'aimerais vraiment shooter dans lui.

L'été dernier, Tracy a fait à son propos un report tout à fait conforme à la théorie freudienne. Mon image de mari a été sérieusement remise en question pendant un grand semestre. Altman-Granger a fait son apparition dans toutes nos conversations et je ne sortais jamais indemne des comparaisons désobligeantes que ce foutu charlatan avait installées par suggestion ou silence lourd autour d'un divan.

Encore aujourd'hui, je préfère ne pas rendre publique la bassesse des conclusions, interprétations ou partis qu'il a su tirer, avec un fiel consommé, du moindre des rêves de ma chère femme. Jamais vu un sournois pareil. Et Altman-Granger pratique, à mon avis, l'analyse au plus bas niveau.

Durant ces mois de disgrâce et de diffamation pure et simple, il a fallu que je fasse preuve d'une ferme dignité. Sans me vanter, j'ai déployé une talentueuse diplomatie, doublée d'un amour indéracinable pour Tracy.

Bien sûr, ce furent des jours noirs, pendant lesquels j'ai shooté dans pas mal de choses, mais c'était après tout le seul moyen de préserver l'intégrité de mon ego. (Pas question ici de regretter les deux potiches de ma tante Purdox, ou ce vase de Chine auquel je tenais tant.) D'ailleurs, à quelque chose sacrifice est sans doute bon. La preuve en est : c'est durant cette période d'exclusion véritable que j'ai commencé à écrire les *Aventures de Harry Peebles*, un feuilleton dont la démesure (que j'ai puisée, comme on devine, dans mon profond désarroi du moment) a tout de suite séduit P.W. Adams, du *Saturday Evening Post*. Le style sec et rageur de ces épisodes à suivre est bien dans ma manière. Et, pour peu que vous achetiez la foutue gazette, en page 8, vous ne pouvez pas rater une dizaine de feuillets par Duncan Morrisson ni, dans un encadré, ma photographie. Celle qui est prise en Espagne, avec un taureau en arrière-plan, et sur laquelle je ressemble à Hemingway parce que Tracy avait oublié mon rasoir dans un hôtel de Séville.

Pour en revenir à ce mercredi, je ne sais plus par quel biais tordu, ce fumier d'Altman-Granger est arrivé à m'étendre sur son divan. Il avait installé dans la pièce où nous étions, une sorte de lassitude. Un clair-obscur vénitien qui provenait du store. Je dirais de cette stratification de la lumière au travers des lamelles qu'elle entretenait une possibilité d'ouverture sur la vacuité. Une projection horizontale de l'espace sur le mur blanc qui n'était pas innocente dans le cas de ce fumier d'Altman. Dieu sait pourtant si je me méfiais de ses manigances de pâtissier viennois! Mais, ce jour-là, allez savoir, je me sentais comme un bateau arrivé à quai et l'eau se retirait à vue d'œil sous ma quille.

Vieux Fenimore a fait plusieurs simagrées signifiant le soulagement tandis que je m'allongeais. Après une plage de silence tout à fait impressionnante, Tracy s'est retirée sur la pointe des pieds. Je ne savais plus très bien si elle était encore dans la pièce ou seulement dans un coin de mon esprit.

J'ai fermé les yeux et j'ai presque tout de suite entendu une voix. Cette voix parlait avec une étrange douceur. Elle répétait tout bas l'indicible. En tant que bateau échoué sur canapé skaï, je jure qu'à cette minute même, j'avais besoin d'un sacré coup de peinture.

– Tracy voudrait avoir un enfant, disait la voix. Et moi, je voudrais avoir Tracy. Mais nous n'arrivons pas à confectionner le foutu bébé. Et moi, je perds Tracy. Et ma belle-mère se mêle de ce qui ne la regarde pas...

Le store a bougé derrière moi et sur le mur, les rayures horizontales se sont modifiées. Il y a eu une prédominance du soleil et la voix s'est fâchée. Elle s'est mise à dérailler dans l'aigu et j'ai eu foutrement mal au cœur. Je crois qu'elle a crié :

– La merde! La merde de se branler dans des éprouvettes! Et la merde de se faire sonder le ventre! Nous n'y arriverons pas!

Silence. Strates. Vide. Clair-obscur.

Soudain, la voix a recommencé son chapelet. Elle m'étouffait. Elle broyait ma poitrine. Elle criait sans que je puisse la retenir.

– Nous n'y arriverons jamais! Et à la fin des fins, nous ne nous aimerons plus! En mettant tout au mieux, je serai un écrivain raté et elle sera une névrosée du troisième dan!

Cette voix m'assassinait. Elle me faisait un mal fou derrière la carotide. Elle m'assassinait. Elle me charcutait, voilà. A ceci près que c'était la mienne. La mienne! Duncan Morrisson vous parle de ses problèmes!

Brusquement, je me suis levé en hurlant. J'ai shooté dans Sigmund Freud et Altman-Granger a poussé un grand cri.

Le visage de Tracy m'est aussitôt apparu derrière le store. Ses yeux bleus de tireuse à l'arc m'observaient au travers des lamelles. Ombre et lumière, son front et ses pommettes hautes étaient striées par des peintures de guerre.

Ce salaud d'Altman-Granger se tenait sur une jambe. Il frottait son tibia en sautillant. Malgré la douleur que j'aurais souhaitée vive, il semblait garder un admirable contrôle de lui-même.

Tracy est entrée dans la pièce. Elle avait récupéré dans le couloir un air de santé infernale. Un air qui ne l'a jamais quittée depuis l'Université. Un jeune corps brûlant sous un physique de glace. Le genre d'élève en psychogénétique capable de courir le cent yards en dessous de dix secondes ou de vous passer un terrible passing-shot après trois heures de tennis. Elle a dit :

– Fenimore pense que je suis loin d'être aussi stérile qu'on s'accorde à vouloir le faire croire... Il pense que les causes sont strictement d'ordre psychosomatique. Je suis tout à fait capable de me débloquer pourvu qu'on m'y aide... Fenimore pense que mon épanouissement dépend avant tout de la bonne volonté de mon entourage immédiat...

Altman-Granger s'est remis à marcher sur deux jambes. Il est venu jusqu'à moi. Il a dessiné sur sa bouche un sourire d'une cordialité inenvisageable.

– Monsieur Morrisson, a-t-il demandé, connaissez-vous les bébés-choux ?

– Vous avez eu mille fois raison de venir me voir, chuinta monsieur Horace Orpington Junior.

Il remua à peine dans son vaste fauteuil de cuir et alluma un cigare convenable.

– En adoptant l'un de nos bébés, dit-il d'une voix où vous sentiez le miel, vous allez rejoindre, madame Morrisson, et vous – monsieur – la cohorte des gens heureux! Trois millions de *Little People* sur le seul territoire des États-Unis, exhala-t-il en même temps que sa fumée cubaine. Sans compter tous ceux qui sont commandés!

– Quand pouvons-nous espérer avoir notre enfant ? risqua Tracy.

Elle leva les yeux suppliants sur le président de la

Cabbadge Patch Kid Corporation et cessa momentanément de décortiquer le kleenex qu'elle tenait.

– Madame Morrisson! soupira Orpington, la tendresse se vend si bien! Nous croulons sous les demandes!

Il prit l'air désolé en croisant ses mains sur sa bidoche :

– Il vous faudra attendre jusqu'à Noël pour embrasser le cher petit ange! finit-il par dire.

Tracy adopta aussitôt une attitude recroquevillée que je ne lui connaissais pas. Elle semblait admettre la fatalité d'une souffrance nouvelle. J'avais un grand litre d'air dans mon estomac. En appuyant sur cette poche, je me permis un bruit de conduite d'eau.

– Excusez-moi, dis-je à mi-voix.

Mais personne ne me prêta une attention particulière, et c'est d'une main potelée qu'endiablé Orpington ouvrit un tiroir situé à sa droite. Il en sortit un formulaire et décapuchonna un stylo à plume d'or. A cette minute même, son extravagante ressemblance avec l'Évêque méthodiste dans lequel j'avais shooté étant enfant m'interdit de faire le moindre mouvement. Trait pour trait, Orpington était le calque laïque de Monseigneur Bimbelton! Même onction. Même façon maniérée de vous présenter les choses. Je me rappelais trop bien les circonstances dans lesquelles saloperie de prélat Bimbelton – qui fréquentait la maison de mon père – avait essayé de me réchauffer les lèvres un jour de grand froid pour ne pas avoir la tentation de charger le délicat et conforme Orpington de tous les vices de la création. D'ailleurs, ce dernier avait organisé une expression de papelardise visible à l'œil nu sur toute la rondeur de son faciès de gros chat. Il essayait visiblement un regard fascinatoire sur cette pauvre Tracy et resta, le temps qu'il fallait, la plume de son stylographe tournée vers le ciel...

– Eh bien ? chuinta-t-il encore en nous dévisageant avidement, si vous deux – candidats parents – êtes décidés à accueillir un enfant conçu *sans péché,* je vous propose de répondre à notre petit questionnaire habituel.

– Nous y sommes résolus, dit aussitôt Tracy.

Et elle reprit son manège avec le kleenex.

– Commençons donc par le plus important, suggéra monsieur Orpington en affichant un réel air de gourmandise. Fille ? Ou Garçon ?

– Fille, absolutisa Tracy. C'est une fille que je souhaite.

Une douleur en forme de tenaille se referma sur mon estomac.

– Vous ne dites rien, monsieur Morrisson ? s'enquit le président.

Je me contentai d'un sourire niais. J'avais déjà envie de shooter dans toute la situation pourrie dans laquelle j'avais accepté de me mettre. Je me souviendrai longtemps de ce jour de pluie qui transformait la neige en verglas dans les rues. Des fourrures imbéciles dont nous avions entouré nos pauvres corps pour affronter la tourmente. De l'heure matinale à laquelle on nous avait convoqués. Des six heures d'attente dans une pièce surchauffée, en compagnie d'une trentaine de couples aussi abîmés que le nôtre. Et de la petite flaque dégradante que nous arrondissions sous nos pieds, tandis que fondait la glace.

– Souhaitez-vous une petite fille bien en chair ou un peu chétive ? demanda soudain monsieur Orpington.

Il leva la main pour prévenir une éventuelle interruption et poursuivit :

– Sur ce point, les parents sont divisés. On peut très bien concevoir un type de petite fille tout à fait débrouillarde et dont la nature bouillante la pousse très tôt à prendre des initiatives... ou alors au contraire...

– J'aimerais qu'elle ait réellement besoin de moi, intervint Tracy. Le genre d'enfant qui fait de l'anorexie et qui pleure volontiers la nuit.

Notre guide battit plusieurs fois des paupières. Ses longs cils se posèrent momentanément sur ses joues. Il se tourna poliment vers moi :

– Avec votre permission, monsieur Morrisson, je vais marquer « constitution chétive », décréta-t-il, et il tira sur son cigare avant de passer à la question suivante.

– La beauté de l'enfant vous importe-t-elle ? interrogea-t-il en s'adressant exclusivement à moi.

– Non, soufflai-je.

Et franchement, je m'en battais d'autant plus l'aile et la cuisse et les plumes et même le gésier, que dans les couloirs, j'avais entrevu tout au long de cette journée pourrie, plusieurs spécimens des petits monstres qu'on nous proposait. Ils étaient invariablement des poupons mous et doux, rembourrés en polyester. Deux trous pour les yeux, un pli pour la bouche, le menton escamoté et des bras en rôti de dindonneau. Pas de quoi se relever la nuit.

– J'aimerais que ma petite fille ait les yeux bleus comme les miens, intervint ma femme. Et une réelle personnalité. Un air d'intelligence, je veux dire... Mais je n'ai rien contre une légère imperfection dans le visage... au contraire... une...

– Une imperceptible *laideur?* compléta Orpington. Vous avez raison d'insister sur ce point, madame Morrisson. Parfois, un nez un peu épaté, un profil un peu effacé, donnent au bébé une expression plus vulnérable, appellent plus de protection, déclenchent une transfusion affective plus importante...

– Elle sucera son pouce, dit Tracy avec une confiance renouvelée.

– Certainement, madame Morrisson! acquiesça Orpington. Je coche cette particularité à la rubrique « Options ».

Il dessina une croix dans une case et releva gravement la tête :

– Je suppose que cette enfant aura le teint clair? s'enquit-il.

– Notre bébé est de race blanche! réagit aussitôt Tracy.

Elle avait fait preuve d'un emportement endémique.

– Je suis obligé de poser cette question, s'excusa le président de la Cabbadge. J'ai eu plusieurs fois le cas de couples qui préféraient adopter un bébé tiers-mondiste ou de complexion noire à tout autre enfant de race leucoderme, fût-il suisse. Une attitude expiatoire, j'imagine! Mais le pourquoi des choses ne nous regarde pas.

– Votre tâche est difficile, admit Tracy.

– Je suis un peu le sculpteur de la vie, sourit modestement monsieur Orpington. Et si j'insiste sur ces caractéristiques, en principe révoltantes pour la sensibilité d'une mère, c'est parce qu'en insufflant toutes ces données dans le computer, nous affinons notre approche. Affleurer l'humain! C'est ma devise! Vous aurez le bébé le plus conforme à l'idée que vous vous faites du bonheur. Plus de tranquillisants! Plus de hantise des guerres! Votre adoption ludique a tous les avantages de la vie *au naturel*... et aucun de ses inconvénients...

Jugeant de l'effet brûlant de sa diatribe sur nos cœurs, Horace Orpington Jr appuya discrètement sur un bouton. Une musique de nature séraphique envahit la pièce comme une crème apaisante. Le visage de notre hôte sembla s'adoucir à l'unisson. Ses joues lisses se satinèrent de je ne sais quel moelleux œcuménique. Il se pencha plutôt de mon côté, avec bienveillance :

– Nos bébés-choux valent cent trente-cinq dollars, payables à la commande, dit-il assez rapidement. Leur corps attendrissant est lavable. Les chérubins sont remis aux parents avec un certificat de naissance, des conseils psychologiques adaptés à leur caractère, et un programme de régime alimentaire approprié.

Comme je portais la main à ma poche intérieure, monsieur Orpington demanda :

– Chèque ou espèces?

Il empocha mon chèque pendant que Tracy regardait ailleurs. Le fameux stylo d'or grinça sur le bas du formulaire. Il termina sa course par un ruban compliqué qui pouvait être pris pour une signature. Horace Orpington releva la tête et s'empara d'un buvard.

– Votre fille vient de naître, annonça-t-il triomphalement. Nous sommes le 30 octobre 1984. Elle est du signe du Scorpion. Sa morphologie la fait présager comme une idéaliste, dotée à la fois d'un esprit créatif et synthétique. Elle sera pointilleuse et ordonnée. Très impulsive, parfois brutale ou coléreuse. Agressive, même. Elle sera souvent en proie à une angoisse exquise... Toutefois, plus tard, l'amour la guette...

– Il n'y aura pas de plus tard, décréta Tracy.

Elle avait cette expression de froide résolution que je lui connais quand elle se sent en danger.

– Ma fille sera toujours un bébé, ajouta-t-elle. Elle ne vieillira jamais.

– C'est votre privilège d'en décider ainsi, s'inclina Orpington.

Et, comme je me levai précipitamment pour prendre congé, il posa sa main sur mon bras.

– Oh, monsieur Morrisson ! Juste encore un mot ! chuinta-t-il, comme s'appellera cette délicieuse enfant ?

– Benvenida, répondit Tracy.

Et je sus qu'elle avait tout prévu.

14 NOVEMBRE. Il neige. La longue attente a commencé.

Je suis dans mon bureau. J'ai poussé le verrou. Pas seulement, j'ai aussi donné deux tours de clé. Des œufs fricassent sur mon camping-gaz. Au même étage, une cireuse s'énerve. Elle fait toupie la rage et rebondit contre les murs. Tracy qui traque la saleté. Un turban sur la tête, depuis deux semaines, elle n'arrête plus de le faire. Elle alterne avec un soin maladif l'emploi de la brosse électrique et celui du Tornado à variation électronique. Sacs longue durée. Signal sonore. Et stop control. Il y a seulement quarante-huit heures, nous sentions la térébenthine. La chambre d'ami venait de devenir nursery. Tous les meubles sur le palier. Le lit de ma mère mis au rebut. La coiffeuse par Ruhlmann revendue à vil prix. Et ce qui avait été épargné du mobilier, repeint en rose-crétin. Désormais, nous nous laverons dans le petit cabinet de toilette du bas. Notre salle de bains sera entièrement dévolue à la boule de chiffon que ma femme s'obstine à appeler « ta fille ».

En dehors des œufs, je mange principalement des cacahuètes. Je mâche des graines et je travaille sur mon feuilleton. Je mâche et je tape à la machine. Underwood et oléagineux. Un peu d'encre, un peu d'huile. Je mâche, je mâche, miné par la contrariété. Et je tape, je tape, ballonné par l'abus des arachides.

18 NOVEMBRE. J'ai une couverture de survie sur les épaules. Des œufs mijotent sur mon camping-gaz. Ce matin, vous n'auriez pas cru tout ce qu'il a neigé.

Il y a une heure à peine, Tracy a frappé à la porte. Je l'ai à peine entendue. J'étais si sacrément tourmenté par les aventures de Harry Peebles que mon esprit vagabondait ailleurs. Sur le pont d'un pétrolier en flammes, au cas où vous voudriez savoir. S.S. Bételgeuse. 121 000 tonnes. En provenance de Ras Tanura, Arabie Saoudite, où il avait chargé du brut. Tracy a fini par tambouriner sauvagement. Hurlement après hurlement, elle m'a obligé à ouvrir.

– Je veux que tu fixes une barrière de sécurité extensible, avec des embouts en caoutchouc, m'a-t-elle dit précipitamment. J'ai trop peur que « ta fille » roule dans l'escalier quand elle saura marcher. Va acheter du bois.

Jésus, quand je l'ai eu fait, je ne sais plus quel cafard

noir j'avais. J'ai bu trois whiskies et je suis entré dans notre chambre avec un verre à la main.

Tracy était devant la glace. D'un geste absolument inattendu, elle a fait passer sa robe par-dessus sa tête. Elle m'a tourné le dos et j'ai regardé ses fesses.

Je jure que j'ai eu une érection quand elle a fait ça.

Maintenant, il est temps que je parle de Harry Peebles. D'abord, parce que cette saleté de journaliste trimbale derrière lui une mentalité tout à fait dégueulasse. Ensuite, parce qu'il est certainement l'être qui m'est le plus proche. Je veux dire qui m'aide le plus à vivre. Un ami véritable et cynique. Une sorte de moi à revers. Un type hanté par le sens du dérisoire et du dépassement de soi-même. Avec ça, teigneux. Jamais sentimental. Attentif aux autres. Totalement libre vis-à-vis des femmes. Délivré, je dirais. Mais homosexuel, pour cause de mère abusive. Fragile. Maigre. Se contentant de peu. Les shorts trop longs. Les lunettes sur le nez. Rougeoyant de coups de soleil. Mais dur comme la latérite. Pistard impénitent, roulant 4 ×4, poursuivant de guerre en guerre je ne sais quelle baleine blanche. Attiré par le danger, comme les anciens capitaines par la mer. Dieu et démon de lui-même. Puissant par l'argent du journal qu'il représente et faible dans sa constitution physique. Promenant son astigmatisme de champ de bataille en défaite, de désert en banquise, d'occupation en répression, de famine en coup d'État. Côtoyant les colonels, les séditieux, les terroristes. Bourlinguant. Chahuté par les naufrages. Détourné par les pirates. Séquestré. Pris en otage. Négocié. Revendu. Passant d'un continent sur un autre. Jamais en repos. Présent là où s'installent le malheur et la peur. Harry – comme un rat – embarqué pour toujours dans la cale du bateau des Hommes. Voyageant la dent longue. Un chèque en blanc dans la poche de sa chemise : le prix d'un reportage qui n'a pas de prix. Mandaté par *Time Life*. Grand premier reporter. Canon F1 en bandoulière. Mentalité aucune. Vedette et clochard. Détestable et pitoyable. Traînant partout sa boiterie – une balle qui aurait fait éclater sa rotule – et justifiant la froideur de ses textes par une objectivité légendaire.

J'aime Harry Peebles.

20 NOVEMBRE. Nous attendons toujours Benvenida.

Je passe le plus clair de mon temps dans mon bureau. Harry Peebles m'accapare. A part lui, j'effectue quelques sorties précipitées. Elles ont toutes lieu en direction du fond du couloir où je m'enferme à double tour. Papier trèfle absorbant et cacahuètes en sachets. Je dérive sur la lunette. Harry et moi sommes en Mer de Chine. Chasse d'eau. Chasse aux pirates. Notre jonque vient d'être abordée. Je tente une sortie. Tracy m'apparaît dans un reflet de glace. Il faut à tout prix que je l'évite. C'est l'heure du cours de puériculture.

Par la porte entrebâillée, départ plongé. Jamais parcouru le couloir à la brasse coulée en aussi peu de temps. Je reprends pied devant mon bureau. Harry me tend une main secourable et me hisse devant ma machine à écrire.

Quand j'y repense, les choses n'ont pas toujours été aussi moches qu'elles sont devenues. Avant les événements, Tracy dérapait pas mal, question stupre. Je me souviens, une fois, au milieu d'un film, elle a fait quelque chose qui m'a tout simplement ébouillanté. Elle a ouvert mon pantalon et sa bouche m'a aspiré vers le haut. Mais après, plus tard, quand nous avons eu toutes ces difficultés pour obtenir un enfant, elle n'a jamais voulu admettre qu'elle avait eu cette sorte de rapports avec moi. Elle a totalement occulté par exemple ces ébats quotidiens que nous avions sous la douche, où nous nous savonnions mutuellement avec des fous rires. C'est comme si elle avait voulu ralentir notre sauvagerie à nous aimer. Elle a commencé à me dire que j'étais beaucoup trop obsédé par le sexe. Que j'avais tort de lui proposer exclusivement des situations scabreuses avec pour résultat de faire retomber la ferveur légitime qu'une femme est en droit de placer en son mari. Elle s'est mise à réciter plusieurs versets tirés du prêt-à-penser américain au sujet de la conception. Cher Dieu! Les enfants! Sur ce chapitre, je crois que nous avons tout essayé!

Le seul but de Tracy était vraiment d'obtenir un foutu bébé entre les jambes. Elle a pratiqué le coït à ventre ouvert avec sport et emportement. Exactement comme vous vous attaquez à un record. En recommençant chaque fois que vous êtes au mieux de votre forme. Je jure que je suis venu sur son ventre autant de fois qu'elle a voulu. J'étais un mari à répétition. Mitraillette-coït. Et je giclais. J'éclatais. Je bourrais. Clones, poulets-cailles, bébés éprouvettes, souris tricolores, pomates ou bœufs-zébus – je jure que je suis passé par toutes les péripéties.

Nous avons même essayé les services de monsieur Keita, Homme de Dieu, et grand médium africain par don héréditaire, mais allez vous faire machiner, nous avions beau hip-hip-hoper et nous torsader les muscles à force de faire du lit l'un avec l'autre, notre union resta en friche. Et nous sommes entrés dans un monde cruel et différent.

Celui de la névrose.

En vérité, avec le recul, je trouve que vous avez intérêt à être névrosé une bonne fois pour toutes. Parce que si vous êtes un névrosé de tous les instants, c'est moins pénible pour les autres. Ils ne s'en aperçoivent pas. Ils croient que c'est votre naturel. Et ils se débrouillent très bien avec. Si bien qu'il ne reste plus que vous à être dans le tunnel. Et tant pis s'il se rétrécit. Tant pis si, à force de ramper, vous tombez dans la fosse septique du voisin. Vous avez passé la clôture, et fatalement votre saleté de vie entière pue. Vous êtes arrivé jusqu'à la merde à l'état pur. Colloïdal, je dirais. Un état gélatineux auquel, normalement, vous êtes condamné à vous faire. Et je crois bien, pour ma part, que c'est à cause de cette puanteur dans notre couple, que j'ai accepté peu à peu l'idée du Baby Boom.

Au moins, nous serons du côté des trois millions de parents de bébés mous. Trois millions de fêlés à marcher du même pas. Et c'est autrement plus rassurant qu'un tête-à-tête pourri avec quelqu'un que vous perdez à chaque minute.

J'aime Tracy, vous comprenez.

Et pour aller au bout de ce raisonnement, je dirai

qu'après tout, l'illusion de la procréation n'est pas plus dangereuse que l'alcool et la drogue et vous ne menacez le corps de personne. Egoïstement parlant, le ventre de Tracy sera intact. Pas de vergetures. Pas de césarienne. Nous serons juste père et mère. Rien ne nous empêchera de redevenir amants.

Du coup, moi aussi, maintenant, j'attends Benvenida.

1er DÉCEMBRE. Je descends du bureau. Il est vingt-deux heures.

Harry Peebles dort dans un hamac, quelque part en Orénoque. Il est bouffé par les moustiques. Sur fond de marigot, un iguane géant se déplace avec lenteur. Avec des allures de dragon, il fixe son œil préhistorique sur le campement. Tout un peuple de crabes bleus sort de la vase et se hisse sur le sol ferme. L'air s'est arrêté de vibrer. Pas un souffle. Une idée de mort flotte. Juste la touffeur des orchidées.

Tracy m'attend en bas de l'escalier. Elle est assise sur l'avant-dernière marche. Et elle veille.

Aujourd'hui, 1er décembre, elle a un paquet sur les genoux. Elle dit :

– Dunc? J'ai acheté quatre « Dors-bien » en maille bouclette, avec semelles antidérapantes. Des petits ours jouent devant. Le dos est uni... J'ai également trouvé un lot de quatre brassières croisées. Et maintenant, je suggère que tu te familiarises avec les couches-culottes forme hublot...

Je m'assieds. Je hurle à l'intérieur de moi. Mentalement, je jure que j'étrangle Tracy. Je dis :

– Oui, mon amour.

Je pose ma main sur son sein. Mes doigts s'araignent. Remontent sous son aisselle.

Pas un souffle. Juste la touffeur des orchidées.

Une idée de mort flotte entre nous.

Benvenida a fait son apparition sur la planète terre le 15 décembre à quinze heures.

Comme elle était en avance sur sa programmation, nous n'avons eu le droit de la voir qu'au travers d'une vitre. Elle était étendue dans une couveuse, avec cinq enfants prématurés de sa sorte. D'autres parents étaient là en même temps que nous. Tous avaient coché la case « constitution chétive » du formulaire.

Tracy pleurait silencieusement. Elle a battu des mains comme pour un applaudissement quand la nurse, de l'autre côté de la cage de verre, a passé ses mains dans les gants de manipulation stériles, pour tourner le chiffon vers nous.

– « Ta fille! » s'est extasiée Tracy. Le même nez que son père! Et tu as vu, Dunc? C'est dans ta direction qu'elle regarde! Oh, Jésus-Christ! Est-ce qu'elle n'est pas tsoin-tsoin?

J'ai regardé du côté des yeux glauques et ronds du bébé. Ils étaient peints de la sorte pour témoigner d'une idée de candeur. Le foutu baigneur avait les yeux en œillets de bottine, à moins que ce ne soit en boutons pressions. Je me méfie des enfants pressions. Parce qu'on s'attache.

Finalement, j'ai donné à Tracy tous les signes extérieurs de la joie. Et, au cours d'une cérémonie de passation des pouvoirs, elle et moi avons levé la main droite pour jurer devant Dieu que nous assurerions sans faillir l'éducation du Cabbadge Patch Kid.

Baby Boom est arrivée à la maison le 24 décembre.

La mère de Tracy nous attendait au pied de l'arbre de Noël qu'elle avait décoré. Il y avait du feu dans la cheminée comme sur la moindre des cartes postales. Belle-mère, des étoiles plein les yeux, m'a embrassé pour la première fois depuis longtemps. Elle m'a jeté un regard terriblement sombre aussitôt après. Elle a dit :

– Eh bien, Duncan, est-ce que vous vous rendez compte de la fantastique part de responsabilité que vous et Tracy venez d'endosser ?

J'ai pris l'air suave et je me suis fait une intime conviction : ma vie se rétrécissait à nouveau. Devant moi, un autre tunnel plongeait vers le noir.

En longeant les murs pour ne pas perdre l'équilibre, j'ai rampé jusqu'à mon bureau. Harry Peebles m'y attendait avec un groupe de maquisards afghans. Ils étaient pris sous le feu croisé de deux mitrailleuses soviétiques.

La mère de Tracy s'est installée à la maison « pour les premiers temps ».

Elle est généralement une femme assez volumineuse, dans des robes à ramages. A ramages et à manches courtes, tant pis si c'est l'hiver. Avec son air mielleux-sucré, elle ne pénètre pas beaucoup dans l'air. Elle bouge à peine. Elle préfère installer l'émission de son sourire infaillible, bien campée sur ses jambes ou dans un fauteuil. Elle ne quitte jamais le sien avant que celui d'un autre ne soit libre. Une sorte de sécurité de l'assiette. Elle préfère. Elle se sent plus reine. Plus forte. Et totalement elle-même. Une autocombustion de satisfaction j'appellerais ça. Et sa voix vous atteint où que vous soyez.

– Duncan? Avez-vous testé la chaleur du biberon sur le dos de votre main?

– Oui, Mammy-Tilly.

– Est-ce que la petite a fait son renvoi?

– Oui, Mammy-Tilly.

– Oh... et Duncan? Avez-vous pensé aux cotons-tiges?

– Oui, Mammy-Tilly.

Jusqu'à cette nuit de cauchemar où Tracy s'est dressée sur le lit. Vous auriez juré que ce qu'elle entendait (et qui n'existait pas) lui vrillait sincèrement les tympans.

A bout de nerfs, elle s'est bouché les oreilles.

– Dunc! Une heure que la petite pleure! J'ai résisté mais je ne peux plus! Vite! Va voir si elle ne s'étouffe pas!

Pendant quinze jours incessants cette hystérique de Benvenida a continué à crier. Elle le faisait aux heures les plus diverses. Tracy me suppliait d'intervenir. Ses traits se décomposaient d'une angoisse nouvelle. Le seul moyen de « faire taire » Baby Boom était que je la prenne dans mes bras et que je la nurse. Je jure que je lui chantais des berceuses jusqu'à ce que Tracy se fût rendormie. Toutefois, neuf fois sur dix vers six heures du matin, ma chère femme se dressait à nouveau sur notre lit. Elle tendait l'oreille un long moment, immobile dans la pénombre et invariablement m'agrippait le bras.

– Dunc, gémissait-elle, j'ai l'impression que notre bébé ne respire plus... Je ne l'entends plus...

Elle m'obligeait à écouter l'inécoutable. Je trouvais des mots de réconfort, mais je me sentais dans un sale état et quelque chose me tordait. C'était même une sorte de colique de désagrément, si vous voulez savoir. Et Tracy se pinçait les joues jusqu'à ce que j'intervienne.

Je me traînais jusqu'à la nursery. Je me penchais sur le lit panoramique. Sur le sac de nuit de sécurité, avec lien à passer sous le matelas et glissière avec curseur en bas. Je regardais *dormir* la petite saloperie en polyester. Teint rose indélébile. Nez trompette. Trois cheveux cousus sur le caillou.

Les poings fermés, au travers de la cloison rose-crétin, j'exhalais d'une voix suave :

– Bébé sourit dans son sommeil, mon Ange, rendors-toi.

Jusqu'au jour où, excédé, j'ai commencé à shooter dans Baby Boom.

A part cela qui est suffisamment notable, les jours passaient. Un jour chasse l'autre, c'est leur truc habituel.

Un matin, ma belle-mère a fait « oh » sous ma fenêtre. Elle est revenue avec un crocus trouvé dans le jardin. Et les fourmis sont arrivées dans le placard à confitures. Entre-temps, j'avais imaginé la parade aux pleurs de la nuit en envoyant Tracy dormir au rez-de-chaussée. Acculé à la combine et à la mauvaise foi, j'avais même su prendre des accents plausibles :

– Comme ça, tu n'entendras plus notre puce si elle pleure, et tu ménageras ta santé, Tracy-love.

Elle avait levé des yeux pathétiques sur moi. Elle était redevenue scandinave le temps d'un sourire. Ce foutu teint de sportive qui chez elle balayait les cernes.

Elle avait même passé sa main dans mes cheveux.

– Pauvre grand loup! Bientôt, nous serons de nouveau tout à fait heureux, promit-elle.

Autant qu'il m'en souvienne, cette ordure d'Orpington en personne instilla le poison dans le fruit. Ai-je oublié de mentionner qu'il téléphonait régulièrement pour prendre des nouvelles de la santé de notre progéniture ?

– Où en est la courbe de son poids ? s'enquit-il un beau jour, avec sa voix de prélat méthodiste.

– Je n'osais pas en parler, lui répondit Tracy en me jetant un regard suie. Je trouve que notre bébé ne se nourrit pas assez.

– Combien de biberons a-t-il ?

– Au début, nous en donnions huit, dit-elle en prenant l'air gêné. C'est mon mari qui assurait la nuit...

– Huit... Un biberon toutes les trois heures ?

– Oui. Mais maintenant, nous sautons celui de quatre heures du matin. Et aussi celui de sept heures. C'est l'initiative de Duncan, ajouta-t-elle aussitôt. Et je m'en veux de lui avoir cédé, car ses raisons s'avèrent bassement égotistes.

Il y eut un bruit de margarine chaude au bout de la ligne. Exactement comme si vous faisiez frire des œufs.

– Ah! Je parie que votre mari se rendort vers cette heure-là, supputa saloperie d'Orpington.

– Oui, dit Tracy, en parlant plus distinctement. Et je me méfie de lui depuis qu'il envisage de sevrer notre bébé.

Mêlée j'imagine à de la fumée cubaine, la voix du président de la Cabbadge Patch Kid Corp nous arriva avec des accents de justicier :

– On ne plaisante pas avec la nutrition. La non-observation de règles strictes débouche fatalement sur l'inappétence. Elle engendre la paresse gastrique et dans le cas d'un bébé aussi fragile que le vôtre, l'anorexie devient un danger permanent.

– Mon mari n'a pas désiré ce bébé autant que moi, geignit Tracy en me regardant dans les yeux.

Et j'eus beau protester, nous devînmes d'infatigables clients du Babyland General Hospital.

C'était un édifice aux arrière-pensées plutôt grecques – marbre et colonnes à l'extérieur – mais tempérées par un sérieux d'obédience strictement scientifique, qui s'affirmait dès qu'on passait les portes du hall d'accueil. Passé ce seuil, deux cent cinquante faux docteurs et infirmières surveillaient en permanence des centaines de poupées, malades de l'imagination de leurs parents. Fractures, allergies, maladies contagieuses se répartissaient au gré des services.

En moins de trois mois, Benvenida, sans doute pour expulser les angoisses de Tracy, fit quatre séjours qui m'obligèrent à demander une avance au *Saturday Evening Post.* Harry Peebles y gagna de nouvelles aventures et moi, d'être dispensé de mes attributions nocturnes.

Tout de même, après l'érythème fessier, il y eut ce refroidissement inexplicable et presque coup sur coup, l'insolation par ma faute, et toujours cette fameuse anorexie qui ne nous quitta plus.

Pendant les séjours de notre petit gnome, ponctués de visites à l'hôpital, je m'efforçais de reconquérir Tracy.

Ma belle-mère était partie en cure. Je suggérai que nous pourrions programmer nos vacances en Europe à la faveur de la prochaine et inévitable rougeole que nous infligerait logiquement la boule de chiffon. Tracy reçut mon message avec méfiance. Néanmoins, je proposai le mois de mai qui me paraissait un mois raisonnable pour soigner une maladie assez bénigne en somme, et particulièrement agréable pour aller visiter Mykonos et l'archipel des Cyclades.

– Si tu vas par là, en Europe, il y a aussi Berlin, dit mystérieusement Tracy. Mais je me vois mal abandonner notre petite fille pour satisfaire je ne sais quelle soif de dépaysement qui peut fort bien attendre...

J'ai levé la main. J'étais sur le point de parler des fantasmes individuels, mais elle m'a interrompu comme elle sait le faire : visage fermé. Après deux comprimés qu'elle a avalés précipitamment et de l'eau qu'elle a bue en se pinçant le nez, toute conversation est devenue impossible. Elle m'a interdit l'accès de sa couche en dessinant les gestes d'un début de crise de nerfs. Plus tard, au travers de la porte, elle a répété que la bassesse de mes instincts faisait passer mon propre plaisir avant l'amour qu'un père doit à sa fille.

J'ai reçu mon oreiller en travers du visage, et aussi le

livre que j'avais commencé. J'ai déployé le canapé-lit qui se trouve dans mon bureau et cette ordure de Harry Peebles m'a conseillé d'attendre patiemment les oreillons de Baby Boom pour programmer un week-end au bord de la mer.

L'épidémie en question nous a frappés plutôt que prévu. Profitant de l'absence de Tracy, j'ai shooté de joie dans Baby Boom et je ne me suis pas fait prier pour l'emmener à l'hôpital.

Quand je suis rentré à la maison, Tracy avait une migraine et moi, j'ai parlé de faire une virée du côté de Little Havana.

– Je n'abandonnerai jamais Benvenida quand elle souffre, a dit Tracy. Ta monstruosité n'échapperait à personne!

J'ai attendu la convalescence, et après, j'ai remis ça.

– Jamais, a dit Tracy.

Mais j'ai sorti nos maillots de bain de la penderie.

Tracy est descendue de la VW avant que j'aie eu le temps de placer mon baratin sur le motel. J'ai claqué la portière et j'ai couru derrière elle. Emmitouflée dans un manteau de demi-saison, elle se tenait en un point où vous dominiez toute la merde littorale. La plage était une longue bande de sable pourri où les exilés cubains plantaient leurs culs, leurs parasols et leurs mégots. Les poubelles, jamais vidées, dégueulaient tout ce que vous pouviez acheter comme ice-creams pour que vos gosses vous foutent la paix.

– C'est ce qu'il y a de plus proche de la maison, ai-je risqué pour expliquer la situation. Je ne voulais pas t'indisposer par un trajet trop long.

– Ne dis rien, a grondé Tracy. Tu es l'enfoiré le plus miteux de toute la côte est.

A grandes enjambées, elle a dégringolé la pente, en direction de la mer. J'ai trottiné derrière elle et je me suis bien gardé de lui adresser la parole.

La stratégie de Peebles consistait à faire confiance au soleil. Il est vrai que Tracy craquait chaque fois qu'il entrait sous sa peau. Son instinct sportif qui reprenait le dessus. Une irrépressible envie de courir, de sauter, de nager. Et, par-dessus tout, de devenir la supérieure de l'homme. De me défier au tennis ou même à la lutte, discipline où elle excellait. Tracy avait une musculature de lutteur. Un trapèze. Une nuque. Des forces uniques. Et, au bout de la transpiration, je savais, était son envie de faire l'amour.

Vous n'expliquiez pas autrement sa défiance vis-à-vis de la Grèce. Et c'est incontestablement parce qu'elle se sentait à la merci d'un anticyclone un peu stable et d'un maillot de bain deux pièces qu'elle enfermait désormais son corps dans les lainages frileux, des cols roulés et des manches longues.

La plupart des baigneurs qui se trouvaient là étaient étendus comme de grands brûlés. Ils respiraient à peine. Le nez dans les rondelles de citron, cernés par les boîtes de bière, ils étaient graissés comme des brochettes un jour de barbecue. Ils étaient filtrés. Enduits. Calcinés, meurtris. Tracy les enjambait avec hargne. Avec mépris.

– Tu ne te figures pas que je vais passer vingt-quatre heures dans cet endroit révoltant ? a-t-elle dit sans se retourner.

Elle a regardé le ciel bleu pour la première fois.

Elle a rejoint notre Volkswagen et elle s'y est enfermée.

Ma peau résiste mal aux coups de soleil. Je prends vite des aspects rougeoyants que mon sens de l'esthétique réprouve. J'ai d'ailleurs toujours beaucoup plus compté sur le fonctionnement de ma tête que sur celui de mes adducteurs. Mais je me sentais teigneux. J'étais prêt à tous les sacrifices.

Quand j'apparus à la porte de la cabine de notre motel avec mes shorts au-dessus du genou et le numéro 8 que je portais à l'université, Tracy ne bougea presque pas. Quand j'ai sautillé sur place, j'ai remarqué qu'elle retirait son foutu manteau de demi-saison. Quand j'ai fait deux ou trois flexions, j'ai su qu'elle me regardait à la dérobée. Quand je suis parti en petites foulées, j'étais persuadé qu'elle avait eu immédiatement envie de m'écraser de sa supériorité physique.

J'ai longé la plage et moins de trois minutes plus tard, Tracy est passée près de moi en trottinant. J'ai shooté dans le seau d'un sale gosse dans les trois ans et je lui ai emboîté le train. Elle avait un comportement d'athlète. Une foulée longue et harmonieuse. Vous la sentiez infatigable. J'ai clopiné. J'ai clopiné derrière elle.

Au-dessus de ses cheveux blonds, Harry Peebles tenait ouvertes les mâchoires du piège, et, petit à petit, le soleil a commencé à entrer sous nos peaux.

Après dix kilomètres, nous avons fait un peu de musculation. Après deux longueurs de piscine, nous sommes passés sous la douche. Après deux heures de tennis, j'ai demandé à quel moment de la journée elle souhaitait manger. Elle ne le souhaitait pas.

Elle a exigé que nous nous remettions à courir. Et, seulement après le coup de téléphone que nous avons passé à l'hôpital, elle a consenti à prendre un peu de nourriture. Nous avons expédié cette formalité rapidement. Toasts, salad cream et un jet de coca-cola. Tout en mâchant, je regardais passer les autres hommes. Quelques célibataires uniformément bronzés regardaient du côté de notre couple. Ils étaient des bienheureux qui passaient de l'autre côté de la dune. Des commerçants, des représentants, des petits malins qui avaient tous un préservatif dans leur poche. Je comptais beaucoup sur le cross de la fin d'après-midi pour emmener Tracy de ce côté.

Une certaine émulation pouvait la faire basculer. C'est un aspect de son caractère que j'avais plusieurs fois noté, non sans un certain désarroi.

Une fois, tenez, on nous avait priés dans une party. C'était chez les Hutington. Des gens quelconques qui habitent à deux blocs de chez nous. Un couple dont la séparation était imminente. Bob a de gros poignets et vend avec le sourire des bagnoles d'occasion à la sortie de la ville. Et Daisy s'affiche à la chorale mais sa réputation est de se jeter au cou des hommes. Vers deux heures du matin, le buffet était liquidé. La piscine était tout ce qui restait éclairé. Les lits étaient occupés par plusieurs à la fois. Au hasard des fesses, parfois, vous reconnaissiez un visage ami. Et ceux qui fumaient seuls dans les coins étaient des types qui avaient fait une croix définitive sur leur saleté de sexualité.

Tracy ne me lâchait pas la main. Elle affichait un réel intérêt d'observateur. Elle avait dansé plusieurs fois avec un blond à cravate blanche qui n'avait pas cessé d'étouffer des fous rires en lui parlant à l'oreille. J'étais passablement énervé pour ma part, et j'avais repoussé les avances inqualifiables de Daisy. Elle m'avait frôlé à plusieurs reprises avant de s'arrêter contre ma hanche et de mettre définitivement sa main dans ma poche. Malgré la chaleur et ce qu'elle essayait de faire de moi, j'avais fait celui qui s'intéresse principalement à la politique. Elle ne m'en avait d'ailleurs pas tenu rigueur.

C'était une femme petite et bien proportionnée, avec des boucles d'oreilles qui dansaient pour un rien. Elle diagnostiquait infailliblement à qui elle avait affaire et, devant son manque d'initiative, avait rapidement opté pour deux éleveurs du Middle West qui partageaient la même chambre au Waldorf.

Ce n'est qu'après une longue recherche que je retrouvai Tracy. Elle se tenait debout dans une chambre, tout près de la fenêtre. Une lampe de chevet allumée était renversée sur la moquette. Tracy fumait nerveusement en regardant un couple dont la manière de faire l'amour comportait un éventail de positions si souvent renouvelées qu'elle tenait du prodige. Au cours d'un de ces changements compliqués, je crus reconnaître Bob, la tête en bas. Même si ce n'était pas lui, le type trouva assez de lucidité pour me faire un clin d'œil. Seulement après, il reprit le cours de son gymkana gestuel.

Dès qu'elle me vit, Tracy poussa un râle étouffé. Elle se jeta contre moi avec une sorte de brutalité animale. Sa langue se mit à chercher le creux de mes oreilles, le fond de ma bouche et même le globe de mes yeux qui est très sensible. Je me serais bien contenté de rester sur place, en m'efforçant d'avoir l'air le plus surpris possible par son attitude de chienne en chaleur, mais plus elle se dépensait et plus je commençais à me sentir sexy et tout.

– Fais-le moi tout de suite, souffla-t-elle.

Et elle a passé sa robe par-dessus elle.

Mon Dieu, elle n'avait qu'à venir. J'étais déjà sous pression.

Pour en revenir à notre week-end du bord de mer, j'aimerais passer sur nos activités sportives de l'après-midi. Il n'y a rien à en dire, sinon que j'ai fait passer Tracy par la dune où pas mal de couples s'y prenaient à trois ou plusieurs pour le faire au milieu des papiers argentés. Elle ne s'est pas arrêtée. Au contraire, elle a allongé ses foulées, il me semble. Je me suis mis à avoir un mal fou à suivre le rythme d'enfer qu'elle m'imposait. Elle s'est engouffrée dans Parrot Jungle sans se retourner. Elle s'est arrêtée sous un arbre à saucisses. C'est là qu'elle m'a attendu. Juste pour hausser les épaules et repartir aussitôt.

Au Serpentarium de South Dixie Highway, elle m'a demandé si j'attendais d'elle ou quoi qu'elle descende dans la fosse à cobras royaux. Sur la route qui mène à l'embarcadère pour les Keys, elle a fait volte-face. Elle m'a demandé jusqu'où nous allions aller comme ça.

Nous sommes rentrés au motel vers les dix-neuf

heures. J'étais écarlate, je suis sûr. Et pas très vaillant sur mes jambes. Elle a regardé ce qu'elle avait fait de moi. Le résultat. Elle a paru satisfaite. Elle a ri comme ça pour la première fois depuis longtemps.

– Je suis en nage, elle a dit.

Elle est allée sous la douche. Seulement après être mouillée, elle a fait passer son T-shirt par-dessus sa tête. Elle s'est déhanchée sur place. Elle a fait passer son short par ses pieds. Elle a poussé ce putain de cri rauque. Elle a dit :

– Viens me savonner sous la douche.

Elle l'a dit.

Je me suis avancé tout de suite. Elle m'a fait une clé au bras, assez douloureuse au début. Elle m'a immobilisé. A genoux dans la cuvette, elle m'a maintenu fermement. J'étais courbé vers l'avant. L'eau dévalait sur nous. Elle se tenait derrière moi et je pouvais sentir ses seins et son haleine. Elle a fait sauter les boutons de mon short. Elle s'est orientée. Elle a tout de suite trouvé ce qu'elle cherchait. Elle m'a retourné sous elle. Nous étions sortis de la douche je ne sais plus comment. Je crois qu'elle avait le ventre sur mon visage. Sa bouche a pris le dessus sur tout le reste. C'est devenu ce qu'il y avait de plus important au monde. Je suis monté le plus haut possible. Encore aujourd'hui, je me demande comment j'ai fait pour redescendre.

– Si tu savais faire les enfants, tu serais drôlement compétitif, a dit Tracy.

Elle a brusquement changé le sens du combat. Elle m'a rendu ma liberté sous caution. J'ai payé. Ma langue au fond de sa bouche. Je ne me suis pas servi de ma liberté. J'ai gardé le bras tordu derrière mon dos.

Elle a ri. Elle était en eau, en sueur, en copeaux. Elle a posé ses mains sur mon torse. Une fois dans la position dominante qu'elle préférait, elle s'est assise sur ça pour me faire visiter sa grotte.

Et aussitôt, j'ai eu le corps en partance.

J'enferme toujours mes souvenirs dans une sorte de journal de bord. Mais celui-ci ne figure nulle part. Il aurait fallu creuser trop profond pour arriver à l'enfouir. J'ai de cette journée passée dans le ventre de ma femme, une vision tellement liquide et pleine et paroxystique, que tout ce que vous pouvez espérer pour la dépasser devient proche de la mort. Plus haut, plus fort, plus loin, et vous quittez votre saleté de corps. Il ne résiste pas. Vous le cassez. Bronchospasmes, salivation considérable. Palpitations. Coliques. Miction. Défécation involontaire. Convulsions. Arrêt de la respiration. Du cœur. Du reste. Du tout. Et mort. Mort en dix minutes.

– Je suis un bœuf, a dit Tracy au bout du compte.

Elle a roulé sur le côté et elle a demandé à boire et à miam-miam. Elle a dévoré une aile de poulet, deux toasts avec du saumon. Elle a bu trois vodkas. Et elle s'est mise sur le dos.

– Fatigue-moi, elle a dit.

J'ai fait tout ce que j'ai pu et c'était déjà beaucoup. Chaque fois que je faiblissais, elle m'attrapait avec la bouche. Trente-deux dents, c'est effrayant.

Vite fait bien fait, emballé paradis.

Après, comme elle voulait recommencer, c'était impossible. Ou alors, il restait la solution ultime. Un fix d'atropine. Et si ça ne marche pas, une pilule de 38 explosive dans la tempe. Parce qu'il faut bien finir par mourir.

– Pas tout de suite, a dit Tracy.

Elle a voyagé à quatre pattes jusqu'à son sac de voyage. Elle a sorti un disque qu'elle avait emporté. Elle l'a installé sur la platine. *Stabat Mater*, de Pergolèse. Un truc qu'elle aime par-dessus tout.

Elle s'est étendue de tout son long sur la moquette et sa respiration était calme. J'entendais le lâcher prise. Elle était bien.

– Je suis bien, elle a dit.

J'entendais son bonheur se refroidir.

Elle a fermé les yeux. Les mains sous la tête, elle a absorbé tout ce qu'elle pouvait contenir comme air. Elle l'a rejeté lentement.

– Quand irons-nous en Laponie? a-t-elle demandé.

C'est un vieux gimmick entre nous. Le genre de projet qui reprend le dessus chaque fois que vous êtes monté assez haut et qui n'a jamais lieu parce que le quotidien tue le courage. Le mariage est ainsi fait qu'on abandonne peu à peu les latitudes pour les feuilletons à la télé. Dégueulasse, je trouve.

– Quand irons-nous en Laponie? a insisté Tracy.

– Quand la petite aura eu l'appendicite, ai-je répondu.

– Tu as raison, a-t-elle dit.

Elle s'est retournée sur le ventre. Elle m'a regardé :

– Si nous voulons être heureux, a-t-elle constaté, il faudra que la petite ait l'appendicite.

– Elle l'aura. Il y a très peu de mortalité, ai-je dit.

Benvenida est si fragile, a dit Tracy, au bout d'un assez long silence.

C'était comme un meurtre. Et *Stabat Mater* s'est terminé sans que nous l'ayons entendu.

La nuit était tombée dans la cabine. Je voyais la silhouette de Tracy, recroquevillée sur elle-même.

– Quand Benvenida sera morte, nous irons en Europe, a-t-elle fini par chuchoter. Je voudrais connaître les plages du débarquement. Omaha Beach. C'est là que mon père a débarqué... Et puis, nous irons à Berlin. C'est là qu'il a baisé ma mère, par un soir d'été.

Elle s'est tue. Elle a caressé ses propres seins. C'est une habitude chez elle. Elle aime bien chercher les contours de son corps. Elle a regardé son ventre, plein comme une outre de vie.

Elle a dit soudain :

– Les amours se font au soleil. Ils se défont et disparaissent entre deux hivers à Berlin. Quand mon père a eu fini sa guerre, il m'a emmenée avec lui. Je n'ai jamais connu ma mère. C'est une vieille. Une vieille, à Berlin.

J'ai dit :

– C'est là que nous irons d'abord. L'année de l'appendicite.

Elle a dit :

– Oui. L'année terrible où nous aurons perdu notre bébé.

Elle était si triste qu'elle s'est mise à pleurer.

Bon. Okay. La nuit s'est refermée sur nos visages. Il n'était plus souhaitable que nous nous distinguions.

Que nous sachions ce que pensait l'autre. Je me suis tout de même demandé si je n'avais pas gagné.

Tracy a dit :

– Je t'aime.

On a réécouté *Stabat Mater* de Pergolèse. J'ai allumé la lumière. On a bu du café chaud, assis sur la moquette couleur de son pull. On a reparlé d'Omaha Beach. Des bains de mer. Et de cette promenade lapone cent fois reportée.

Cette nuit-là, je jure, on s'aimait à en tuer les autres.

L'appendicite de Benvenida a eu lieu deux mois plus tard. Le jour où Larry Flint, Peggy et toute leur colonie de vacances, Robbie, Taffie, Ursie, sont venus me marcher sur le ventre. Je veux dire déjeuner à la maison.

Peggy est la demi-sœur de Tracy. Et, bien sûr, je trouve naturel, de temps à autre, que ces deux-là s'embrassent et parlent de leur enfance dans l'Ohio. Le malheur est, qu'une fois passée l'heure des effusions, elles se détestent à un point qu'on pourrait facilement prendre pour de la haine. La jalousie vient des deux côtés. Et pas de risque d'extinction. Celle des deux qui, sur le moment, a tout pour être heureuse, déploie un véritable génie à trouver le papillon qui s'est posé sur la balance et fait pencher le plateau du côté de l'autre. Et la dispute éclate. En règle générale, c'est Peggy qui gifle la première, mais Tracy possède une assez bonne droite. Et cet imbécile de Larry Flint a une grande tête de plus que moi. D'où mon habitude prophylactique de noyer sa force colossale dans le scotch, dès l'arrivée de leur couple dans notre living contemporain. « Jim

Beam, Larry ? » Et je prépare ma chance de le sécher d'un shoot dans le bide en fin d'après-midi.

Peggy est une bonne pondeuse. Ses ovaires sont ordinairement assiégés par un tas d'inconvénients, aggravés par des fausses couches. Elle a quand même mené à terme cette femelle d'Ursie qui harcèle les mâles malgré ses treize ans, ce pauvre Taffie qui mange sans arrêt pour prendre du poids et ce petit saligaud de Robbie qui est en avance pour son âge. C'est lui qui me monte le plus sur le ventre avec ses questions.

Quand il a eu le droit de voir Benvenida dans sa nursery, et que je l'ai porté au-dessus du lit en lui montrant notre chiffon (à qui j'avais essayé de donner une expression angélique, juste avant le coup de sonnette des Flint), c'est lui qui a dit :

– Elle suce son pouce ?

– Hummmvouais...

– Remarque, elle doit pas sucer grand-chose. C'est comme Tati Tracy... Maman a dit qu'elle doit pas sucer grand-chose. Et c'est de toi qu'elle parle.

J'ai reposé le gosse. Il a maintenu son regard infernal. Et j'ai eu envie de shooter dedans. Heureusement pour lui, j'ai été couché sur la table à langer par le souffle du grand rire Yéti. Larry, mon beau-frère ouaf-ouaf qui venait de me faire gicler par pure plaisanterie. Il a assorti ma glissade d'une de ces bourrades réputées affectueuses qui vous tiennent éveillé pendant deux nuits.

Et nous sommes passés à table.

Après le poulet aux pêches, mon beau-frère a commencé à parler des assurances sur la vie. Il n'a aucun mérite à le faire. Abeille et Paix, c'est lui. Le genre de courtier qui assure tout ce qu'il touche. Et même votre fourchette. Mais de là à essayer de me refiler et surtout à Tracy une police de responsabilité civile concernant notre poutouf en polyester, j'estime qu'il attigeait.

D'ailleurs ce type, Larry, si les cons dansaient, il serait toujours sur les pistes. Jamais vu trimbaler une boule de lourdeur pareille. Est-ce qu'il ne voyait pas qu'il était en train de détruire *moralement* ma femme ?

J'ai fini par shooter dans lui sous la table. Il a pris l'air surpris, cherchant dans mes yeux une explication. Il n'en a pas trouvé. Il a secoué la tête avec incrédulité et il a remis ça avec autre chose. A l'entendre, ses enfants étaient champions toutes catégories question maladies contagieuses. Ils avaient tout connu chez les Flint. Mérite national toutes éruptions confondues. Ah ! nous avions l'air malin avec notre rougeole et nos oreillons ! Tracy respirait mal. Elle sentait que notre Benvenida n'était en rien exceptionnelle. Du coup, elle a cessé de rire, même par mondanité. Puis de manger. Et j'ai pâli.

Deux bières plus tard, Larry n'en finissait pas de parler de sa propre vitalité. Sa femme l'a aussitôt posée sur le plateau de la balance. Une virilité pareille, c'était trop tentant. Elle a ri en dégoulinades. Elle a regardé sa sœur. Elle savait que la santé vorace de son mari de cent quatre-vingts livres pesait autrement plus lourd qu'un papillon. Ainsi encouragé, Larry est allé jusqu'à sous-entendre que, si je lui prêtais ma femme pour un après-midi, il me la rendrait, sans que ça sorte de la famille, avec un vrai bébé entre les jambes.

Peggy a aussitôt rugi un rire de piano-punaise. Vulgaire avec ça. Elle a dit :

– Oh Larry, arrête! Tu vas *nous* donner des idées!

Son rire lui a coulé de la bouche, à hauteur de son incisive en or. Robbie a demandé :

– Quelles idées?

Sa mère a eu immédiatement une plaque rouge sur le cou et je crois que j'ai commencé à ressembler à un chewing-gum trop mâché.

Taffie était par terre. Malgré ses onze ans, il léchait la sauce du poulet dans le plat et cette salope d'Ursie venait de poser son pied *nu* sur ma chaussure. J'ai dit :

– Arrêtez tous! Vous me rayez la tête! Je vais aboyer!

Larry a pris tout cela au premier degré. Il s'est jeté à quatre pattes et il a jappé après moi. Il était plus mauve qu'avant. C'est en aboyant qu'il a découvert le pied de sa fille posé sur ma chaussure blanche. Il a été si étonné qu'il n'a rien pu dégoiser sur le moment. Il a regardé furtivement du côté de sa femme qui mastiquait ailleurs. Il a répété plusieurs fois :

– Ça alors... ça alors...

Et j'ai fini par lui shooter dans les doigts pour qu'il s'arrête.

– Larry, si les cons jouaient du violon, tu serais chef d'orchestre.

Il s'est relevé lentement. Il s'est essuyé machinalement les mains. Clap, clap, il a préféré rire et je lui ai versé une bière.

Il a dit à cette saloperie d'Ursie qu'elle était bien la

fille de son père. Personne n'a compris au juste pourquoi et les choses ont pu se développer à nouveau normalement.

Ursie a posé son *deuxième* pied sur ma chaussure. Je n'ai plus osé bouger. Peggy a pris le relais de la connerie ambiante. Elle a même accéléré. Elle s'est mise à parler des records, justement. De Suzan Montgomery, dix-huit ans, de Californie, qui avait fait en 79 une bulle de 49 centimètres de diamètre. Et de Barbara Kane et Dino de Lorean qui s'étaient embrassés pendant 144 heures du 8 au 14 février 1983.

Larry a roté assez salement pour le silence qu'il faisait. Il a donné un coup de main à la conversation de sa femme en disant que Jonathan Hooke avait embrassé 4016 femmes le 10 mars 82. Il a regardé du côté de Tracy en disant cela et c'est à ce moment-là qu'elle s'est levée parce qu'elle n'en pouvait plus.

Elle était pâle comme le jour de l'adoption. Narines pincées, elle a dit :

– Dunc. Je suis inquiète. La petite ne se sent pas bien. Elle a rendu ses deux derniers biberons. Et elle est constipée depuis trois jours.

J'ai joué mon rôle avec le sérieux qui s'imposait. Je jure que je l'ai fait sans arrière-pensée.

– A-t-elle de la température ? ai-je demandé.

– Je vais la lui prendre, a dit Tracy. Mangez la tarte sans moi.

Cette saloperie de Robbie a foutu le doigt dans son nez. Il a charbonné sec tout en me regardant.

Il a dit presque aussitôt :

– Oncle Duncan ? Est-ce que vous n'êtes pas de nouveau en train de déconner ?

J'ai fait celui qui n'entendait pas. Mais Robbie a pris une importance considérable dans la conversation en s'y glissant de nouveau.

– Oncle Duncan ? Comment peux-tu marcher dans une combine aussi pourrie ? Ce bébé dont vous parlez n'existe pas. Vous ne pouvez pas prétendre vous faire du souci comme maman s'en est fait pour moi quand j'ai cassé mon bras en trois vrais morceaux.

– Tais-toi, Robbie chéri, a dit Peggy. Tu avais juré de ne pas en parler.

– Pourquoi oblige-t-on les vrais enfants à être hypocrites ? demanda Robbie en roulant une boulette de pain.

– 38° 2, a dit Tracy en rentrant dans la pièce. Son ventre est dur comme du bois.

– Est-ce que ce ne serait pas l'appendicite ? ai-je bredouillé malgré moi.

– *C'est l'appendicite*, a articulé distinctement Tracy.

Elle m'a regardé droit dans les yeux comme elle ne l'avait plus jamais fait.

Et le bonheur m'a éclaboussé.

Dès lors, ignorant comme si elle n'avait pas existé toute la tribu Flint, Tracy et moi-même, soudés par la même perspective, avons accompli tous les gestes de parents angoissés. Nous nous sommes mis à ressembler d'un commun accord à ces millions de pères et de mères pour qui la vie de leur enfant compte par-dessus tout. Tandis que j'appelais le Babyland General Hospital, elle a enroulé notre pauvre bébé dans une couverture de laine. C'est toujours ainsi qu'ils font. Elle a cherché un moment ses clés de voiture. Sans embrasser sa sœur ni rien, elle s'est élancée vers le garage.

J'allais la suivre quand le téléphone a sonné. Mon Dieu, c'était aussi fortuit et néanmoins factuel que dans les films, quand les héros s'affolent. J'ai décroché et J. W. Adams m'a annoncé qu'une Major Company voulait acquérir les droits cinématographiques des *Aventures de Harry Peebles*, pour Spielberg, justement.

Je lui ai dit d'aller se faire foutre et je me suis rué en direction du garage pour rattraper Tracy.

Elle venait de claquer la portière de sa vieille Plymouth crème quand je me suis penché à la vitre.

– Je pars devant, a-t-elle dit. Prends la valise qui est prête dans notre chambre... Je t'en prie, liquide vite ces gens-là...

Je me suis détourné et j'ai vu les Flint. Ils se marraient comme des billes.

– Y sont trop cons! a dit Robbie. Hein, maman, qu'ils sont trop cons!

Tracy a lancé le moteur. Elle a dit :

– Oh! Dunc?

– Oui, chérie?

– Viens vite me rejoindre, a-t-elle supplié. Je veux que nous restions là-bas tout le temps que va durer l'opération...

– Ne t'en fais pas, ai-je promis... J'en ai pour une minute.

Je me suis écarté parce qu'elle avait déjà passé la marche arrière. J'ai dit encore :

– Oh! Tracy!

Elle a freiné avec tendresse et agacement. J'ai couru

jusqu'à elle. Ses yeux étaient d'un bleu tout à fait suffocant pour la circonstance. J'ai posé ma main sur son avant-bras musclé. J'ai dit le plus rapidement possible :

– Ça devait arriver, tu sais. Tout ce que tu as à faire est d'être courageuse.

– Je sais Dunc Morrisson. Tout ira bien. Je suis préparée à l'idée de la mort de notre enfant.

– Dans huit jours, nous serons à Berlin. Je te promets.

Elle m'a regardé avec la sorte d'amour qui vous submerge s'il vous est déjà arrivé de rencontrer le même. Une force, une altitude, une concentration tellement extraordinaires que j'ai eu un trou noir devant les yeux.

Quand je les ai rouverts, elle avait disparu. Le garage sentait encore l'essence brûlée.

J'ai fait irruption dans notre chambre et j'ai trouvé la mallette. Elle avait tout prévu. Même nos brosses à dents. J'ai bousculé les Flint qui formaient une grappe imbécile dans le couloir. J'ai fait tomber Robbie qui était dans mes jambes sur le chemin du garage. J'ai sauté dans la VW. Je n'ai pas donné d'explications, malgré Larry qui courait après la voiture. J'ai tourné tout de suite à gauche. Et deux fois à droite, pour attraper l'autoroute.

Il y avait une longue ligne droite d'environ trois kilomètres et les ailes de la Coccinelle vibraient, ce qui est chez elle le signe de la corrosion qui la ronge.

C'est au bout de la ligne droite qu'était l'attroupement. Il y avait une colonne de fumée noire et tout s'est mis à ressembler à un film à la télé. Les gens couraient sans rien faire, en se regardant. La Plymouth était sur le flanc, en contrebas de la route. Elle avait fait plusieurs tonneaux et brûlait. Un mauvais vent rabattait les flammes du moteur en direction de l'habitacle.

J'ai couru jusqu'à la voiture malgré les gens qui hurlaient que ça allait exploser. Je ne sentais pas les mottes. J'ai vu Tracy au travers du rideau de feu. Sa nuque faisait un angle droit désagréable avec son corps. Et ses jambes étaient en l'air. Elle ne saignait pas, à part au coin de la bouche. La saloperie de porte ne pouvait pas s'ouvrir parce que la tôle était pliée. D'ailleurs tout le piège incandescent était plié autour de Tracy.

J'ai tapé plusieurs fois sur mes cheveux parce que je les sentais brûler, mais ces choses-là n'avaient pas d'importance. Pas plus que le plastique des sièges qui coulait comme de la matière incendiaire.

Ce qui comptait à chaque seconde, c'était ce qu'il fallait faire pour sauver Tracy. Elle a bougé les yeux pour me montrer qu'elle vivait. Un type est venu faire le héros derrière moi. Il a cherché à m'entraîner de force avant que tout le fourbi explose. Je lui ai shooté dans le bas ventre pour qu'il apprenne à me foutre la paix.

Tracy a dit faiblement :

– La petite! Sauve notre Bébé!...

Après, elle a fermé les yeux avant de les rouvrir anormalement pour ses orbites d'habitude. Ses jambes se sont repliées sur son ventre et les flammes me l'ont cachée.

Baby Boom

Je ne sais plus comment les gestes me sont venus, je me suis retrouvé avec Benvenida dans les bras.

Les gens nous regardaient avec pitié et horreur. Tous les deux nous étions brûlés. Moi surtout, je crois bien, mais c'est plus tard que j'ai senti mon corps. Longtemps après, il me semble. Longtemps après que la Plymouth a explosé et que je me retrouve au volant de ma VW...

... Je conduis d'une main, mais c'est suffisant.

Les ailes vibrent. Sur le siège du passager, ma fille pleure. Chacun de ses cris me fait mal. Il faut que je la sauve. Elle est tout ce qui me reste de Tracy. Elle est tout l'amour que je trimbale, Baby Boom.

Je jure qu'elle ne mourra jamais plus.

Jesse Owens a fumé sa dernière cigarette

A Enki Bilal

Il est entré par la fenêtre, comme d'habitude. Il a ôté le haut de son survête. Il a dit avec un air de réelle souffrance :

– Putain! Ça y est!

Il s'est laissé glisser dos au mur jusqu'au sol. Lentement. Comme un acteur qui sait ce qu'il fait et où ça le mène dans le développement d'une scène capitale. Il s'est concentré. Il a soufflé tout ce qu'il avait dans les poumons. Il est devenu un nègre gris. Il s'est frappé le front avec la paume de la main

– Nous zautres pauvres zhumains!

Il a ri. Il m'a regardé. Accroupi sur la moquette pourrie, il a fait bravo avec ses cuisses. Une excitation.

– Ça y est! Quand j'y pense!

Il a hoché la tête plusieurs fois. Il est redevenu nègre aux yeux vifs. Fulgurant, mon vieux.

– Jesse Owens a fumé sa dernière cigarette!

Il a regardé dehors. Ses pupilles se sont voilées. Un nuage, mon vieux.

– Comment vas-tu? m'a-t-il demandé.

– Pas plus mal. Le psy m'a proposé une thérapie. Il

m'a prescrit aussi du magnésium. Je vais voler à Mag 2. Soixante ampoules buvables. Chiasse et urticaire à tous les étages!

– Ça va te retaper, il a dit en regardant de mon côté. Depuis que Cathy est partie, tu fais peur aux animaux.

– Sûr! Si le psy m'avait prescrit de l'extrait de bœuf, il me serait poussé des cornes.

– Shit! a dit Bingo-Jim, what a pudding! Tout de même, ça me fait chier pour Jesse. Qu'il soit mort, je veux dire. Ce type entre quatre planches, c'est à pleurer, homme!

– Comment as-tu appris la nouvelle?

– Ce matin. En mettant ma queue en marche. J'étais devant le lavabo, pas pissé de la nuit, dans l'autre main ma brosse à dents, et à la radio ils ont dit : « Jesse Owens a fumé sa dernière cigarette. »

Il a regardé du côté du placard. En fait, j'ai cru qu'il regardait du côté du placard. Mais c'est la chaise qu'il regardait. Parce que sur le dossier de la chaise, il y avait mon pantalon et qu'on voyait le portefeuille par la poche entrebâillée.

– Gee, Petit Blanc! Prête-moi dix dollars. Ça m'aidera jusqu'à ce soir.

J'ai répondu non. Qu'il ne pouvait pas espérer me taper chaque fois qu'il entrait par ma fenêtre. Surtout qu'il entrait par là chaque matin depuis qu'il s'entraînait dans le secteur.

Il a pris l'air contrarié. Il a émis l'hypothèse que dans notre cas l'amitié était à sens unique. Est-ce qu'il avait hésité une seconde quand je lui avais emprunté *L'interprétation de vos rêves* de J.W. Cripton?

– Bingo! Nous sommes des dieux. Ne devenons pas des épiciers.

– Tu es un sacré salaud. Tu as baisé ma sœur et maintenant tu me laisses tomber.

Il s'est tourné vers moi. Il a regardé mes pectoraux que je n'ai pas très développés. Ensuite, ses yeux rieurs ont dérivé jusqu'à mon slip normalement gonflé, je trouve, pour cette heure matinale. On aurait juré qu'il fixait une cible.

– Balls! il a soufflé. Avec dix dollars, on peut faire pas mal de choses. S'acheter une tranche d'hippo. Des oreilles de zèbre ou une cuisse d'autruche. Quelle fête!

Il m'a fixé de nouveau à hauteur du slip.

– Si je ne gagne pas le Marathon de New York, je reviendrai à la dope. Avec Cathy, est-ce que tu avais essayé?

– Non, ai-je répondu en adoptant un flegme au-dessus de l'ordinaire. J'ai un tel sens du péché, que je n'ai pas vraiment envie de mourir par ma main.

Il a ri avec mépris. Comme si j'étais le genre de type qui découragerait n'importe qui.

– Pas étonnant que Cathy t'ait largué, mec! T'es trop nul dans ton ambition.

J'ai pris l'air vexé et j'ai cherché un T-shirt sous mes livres. Je n'ai rien trouvé.

– Et ton fameux roman? a-t-il demandé dans mon dos. Qu'est-ce que c'est devenu?

– C'est en marche. J'ai soixante feuillets.

– Qui est le héros de cette merde?

– Un clown d'une beauté surhumaine. Un apprenti écrivain.

– Comme toi ?

– Pire. Un type vraiment bizarre. Il peint en vert pâle tout ce qui bouge. Par angoisse.

Bingo-Jim a fermé les yeux.

– Oh, shit! A quoi est-ce que ça peut bien servir ?

Il a regardé ailleurs parce que dès que je lui parle de moi, ça ne l'intéresse plus.

– What a pudding! il a murmuré. Pas étonnant que ma frangine soit sortie de tes draps en hurlant! Tu devais les tordre avant de la baiser!

J'ai haussé les épaules. J'ai cherché mes lunettes. J'ai traversé la pièce en montant sur le lit pour ne pas avoir à enjamber Bingo-Jim. En marchant, j'ai dit :

– Cathy Jones est une salope! Il n'y a que ce qui est vraiment bestial qui l'intéresse!

– Cathy a la gorge profonde. C'est elle qui a raison. Le cul, c'est comme le courage ou la course à pieds, ça se mérite.

– Foutaises! Est-ce que tu lis le *New York Times* avec des gants de boxe ?

– Je ne vois pas le rapport avec ma sœur, Petit Blanc!

Je me retourne et je lui montre l'albuplast que j'ai encore en travers du dos.

– Oh si! Ta foutue sœur MORD! Elle a voulu me bouffer pendant mon sommeil, figure-toi!

Bingo-Jim Jones se tord aussitôt de rire. Il me fait le coup de la langue rose. Il se tape sur tout ce qu'il trouve : les cuisses, le ventre et même le front. Il pleure des larmes anormales et j'en ai marre de voir sa putain de luette qui bat la rythmique.

– Je ne vois pas ce qu'il y a d'immédiatement drôle dans ce banal cas d'anthropophagie.

Entre deux hoquets, il me répond que si, parce que ça lui fait repenser à l'histoire de son arrière-grand-oncle, Abraham Jones, dont on raconte dans la famille qu'on lui a sucé les doigts après sa mort. Il essuie ses yeux.

– Prête-moi dix dollars et ne sois donc pas *rétrograde*. Nul n'a raison de refuser la nécrophagie plus que les chemins de fer, l'inceste ou la publicité.

Je me sens vieillir de colère. Je crie :

– Tu oublies que ta damnée frangine a voulu me bouffer *vivant*!

– Arrête tes conneries, Andrew! me dit Bingo, et ses yeux charbonnent un mauvais anthracite. Ce matin, je n'ai pas envie de nourrir tes névroses.

– Merde! je m'étrangle. Ta frangine est une chienne! Nous avons connu l'amour pendant cent quatre-vingt-onze heures et dès que la neige a fondu dans les rues, elle s'est taillée avec un Porto-Ricain.

– Ça va, mal blanc. Tous les printemps qui reviennent, les femmes doivent réapprendre à perdre leur chair de poule. Cathy étudie le soleil, voilà tout. Après, elle reviendra.

Il s'est approché du placard et j'ai eu un mauvais goût dans la bouche. J'ai dit :

– Déjà huit jours qu'elle est partie.

Et comme Bingo-Jim allait ouvrir le foutu placard, j'ai dit très vite :

– Cinq dollars, est-ce que ça te suffirait?

Il a suspendu son geste. Il a fait la satanée grimace qu'ils font tous dans cette famille. Lui, son petit frère

Whopper Junior et elle, cette salope de Cathy Jones. La lippe qui lappe et le blanc des yeux qui coule.

– Je préférerais dix dollars si ça ne te fait rien. Et encore, tu as de la chance, parce que j'allais t'emprunter ton blazer bleu.

Il a cligné des yeux. Il a tourné sur lui-même. Smurf, en tournant sur la tête, il a annoncé :

– Ce soir, je sors Patsy Boon, merde!

Un boudin noir avec une Cadillac rose. Vraiment pas de quoi user ma meilleure veste. J'ai tendu la main vers mon portefeuille et je l'ai ouvert.

Il a pris le billet avant que je l'ai sorti tout à fait. Il a dit :

– Merde! Quand même, ça me fait drôlement chier pour Jesse Owens! Un type qui avait remis en place Hitler dès 1936. Est-ce que tu te rends compte? Rafler toutes les médailles aux Jeux Olympiques!

Il a laissé filer ses yeux vers le placard. Il a ajouté :

– C'est comme pour Cathy. Je me demande bien où elle est passée...

– Pourquoi me regardes-tu en disant ça? Elle doit être à deux rues d'ici, avec ce foutu musicien.

– Comment tu l'appelles, déjà?

– Bao-Bao. Il tient un sambodrome chez les squatts de la 4 e rue.

– C'est bien ça. Je l'ai rencontré hier, figure-toi. Il dit que, s'il avait baisé Cathy, il s'en souviendrait dans les jambes. Il dit qu'il a toutes ses forces intactes. Elle est pas chez lui. Ni sous son ventre. D'ailleurs, j'ai insisté pour regarder... Balls!

– Tu me suces le mental, Bingo. Arrête le processus.

Même avec une paille, j'ai tout le cerveau qui vient.

– Bon. Tu t'en tires bien, mal blanc... Allez, prête-moi ton blazer, Andrew-boy.

Il m'a regardé entre les yeux. Là où je n'aime pas qu'on le fasse, parce que vos pupilles chassent sur le côté. Obligatoirement. J'ai dit :

– D'accord.

Mais je préférerais qu'il nc regarde pas dans le placard. J'ai dit :

– Allume-ça.

Et j'ai montré la chaîne.

Il s'est retourné. J'ai entrebâillé la porte et j'ai pris le blazer sur son cintre. Très vite. La musique a fait son entrée dans la pièce et ça a enlevé entre nous de mauvaises ondes qui ressemblaient fort à de l'agressivité réciproque. J'ai regardé du côté du pot de peinture qui était caché sous le lit. Bingo Jones a marqué le rythme avec son pouce. Il a demandé :

– Qu'est-ce que c'est que ce truc ?

– Clash, j'ai répondu sans commentaire. Voilà, avec ta sœur, ça a commencé comme ça. La musique, je veux dire. Depuis, Cathy vit avec un danseur mais ça n'a aucun rapport, et c'est impossible de l'avoir au téléphone ni rien.

Bingo-Jim m'a pris le blazer des mains. Il est allé jusqu'à la machine à écrire. Il a tapé avec un doigt le prénom de Cathy. Il a dit :

– Depuis quand as-tu peint cette foutue machine en vert pâle, écrivain ?

J'ai avalé ma salive.

– Il y a huit jours, j'ai dit. J'ai trouvé que ça changeait d'une Underwood ordinaire.

– Et ton lit, a demandé Bingo. Le putain de lit n'était pas vert, il y a deux jours.

– Ça m'amusait. Avec une bombe, c'est assez facile. Il vaut mieux repeindre son lit en vert que de passer la Chine au collodion.

Bingo-Jim Jones a pris l'air pas tellement amical. Moi, je devenais de plus en plus nerveux à mesure. C'est vrai que j'avais repeint la porte en vert. Et aussi tous les murs. Et cette chaise, pardi. Et aussi le placard. D'ailleurs, tout est peint en vert. Je trouvais ça d'une nécessité apaisante et curative. Et pour moi, ça vibrait.

Il y a eu un silence. Le temps s'est mis à passer n'importe comment. Il n'avait pas de durée. Aucune consistance. Il était seulement vert pâle.

Alors, Bingo Jones s'est frappé le front du plat de la main.

– Jésus-Christ! Quel pudding!

Et il a marché sur le placard sans me demander mon avis.

En attendant l'eau chaude

A Howard Buten

Pas plus tard qu'hier, j'ai bien cherché la maladie. J'aurais voulu qu'elle m'emporte. Tant pis, même au cimetière. Tellement j'en avais marre d'attendre l'eau chaude et qu'elle n'arrive pas jusqu'à moi.

C'était à Paimpol. Au coin d'un troquet qui respirait sur le port. Une dizaine de chaluts faisaient la grosse poule sur l'eau va-et-vient du bassin. Il y avait PL 19233, un petit rouge, et PL 92109, un vert avec un gros ventre. Et tous leurs copains. Des PL qui ne sortiraient pas ce jour-là. Derrière eux, genre cumulus hérisson, le ciel faisait le ramonage. Il avait de la suie entre les sourcils. Une fâcherie de force 8 et ça décoiffait sur nord Bretagne.

Je suis resté longtemps sous une gouttière qui perdait pas mal de pluie. C'était pratiquement intenable de recevoir toute cette flotte glacée derrière les épaules. Par l'échancrure, elle dévalait sous le pull Jacquart avec une lune devant, celui tricoté par Mammy Angèle, et tellement la peau ça ravinait, que je sentais une rigole de glace jusqu'à la raie de mes fesses qui ne claquaient pas de plaisir. Mais je voulais mériter ma pneumonie. Qu'elle serve à quelque chose de vraiment révolutionnaire. Que je sois tellement épouvantablement malade – un an à l'hôpital, peut-être deux – que cette agonie temporaire me permette d'enjamber toutes ces années qui ne servent à rien tant qu'on ne dispose pas de l'eau chaude pour aimer les filles. Un stade tellement inutilisable que j'ai décidé de le sauter.

En restant sous cette gouttière, je crois bien aussi que je voulais faire le plus de peine possible en une seule fois à mes parents, pour qu'ils cessent de m'apprécier seulement comme un type avec un Q.I. nettement au-dessus de la moyenne et qu'ils m'aiment tout simplement comme un connard de mon âge. C'est pour ça que j'étais sous la gouttière. C'est pour ça que je voulais revenir avec ce foutu point de pleurésie dont ils me menacent chaque fois que je cours en T-shirt sur le quai et que j'oublie de remettre le sacré Jacquart avec la lune devant, en arrivant sur le pont du *Bel Henri*.

Mon père et ma mère habitent sur un bateau. Je m'appelle Henri. Le bateau fait onze mètres. Et moi, j'ai dix ans. C'est un âge où ils disent qu'on a le cul entre deux chaises, parce que je vais bientôt avoir la capacité de rentrer au lycée en avance, et que ça va leur poser des problèmes de navigation, ce qui est faux dans mon cas – le cul entre deux chaises, je veux dire – parce que, sur un bateau, il n'y a pas de chaises. Il n'y a pas de chaises sur un bateau. Alors, j'ai une cabine-couchette à l'avant. Et eux, ils ont une cabine-couchette à l'arrière. Entre nous, même dans la plus stricte intimité, il y a une table amovible, des banquettes écossaises et le coin cuisine. On ne se sépare pas sur un bateau. C'est le gros avantage pour ceux qui souhaitent pas qu'on s'ignore, mais dans mon cas, enfant maritime attendant l'eau chaude, c'est plutôt une obsession et même, ça me donne des gaz.

Souvent, quand il ont ri vulgairement dans le noir, Paula et Jacques – ils veulent que je les appelle par leur prénom – se font des douleurs de plaisir. Ça leur arrive principalement quand ils croient que je suis endormi. Ils deviennent alors carrément médiocres et toute leur énergie passe dans leur grossièreté.

Elle, dont ça n'est vraiment pas le genre d'habitude, fait des va-et-vient rauques avec sa gorge. Elle glousse plusieurs fois, même sa voix qui change, et j'ai du mal à reconnaître ma mère derrière toutes ces supplications de souffrance. En général, elle va jusqu'à dire qu'elle est une traînée (ce qu'elle ne voudrait sûrement pas qu'on pense d'elle dans la vie ordinaire), dans le but d'obtenir une trempe sur les fesses par mon père, et à partir de ce moment-là, charmante, il faut croire qu'elle fait tout ce qu'il veut entre ses mains. Je ne l'entends presque plus. Elle se contente de respirer fort.

Lui, c'est plus simple. Plus athlétique. Il se contente de courir sur son ventre. Il court, il court. Et à la fin, quand il se présente à l'arrivée, il est tellement pressé qu'il perd son souffle et qu'après, il a du mal à le retrouver. Ça ne dure pas trop. Il y a un silence. Ils se remettent à bouger. Ma mère soupire de contentement parce qu'elle a obtenu l'eau chaude. Mon père grogne. Et moi, je me demande comment je vais dormir après ça.

Évidemment, tout ce que je raconte se passe avec plus de mystère. En fait, depuis ma couchette, je ne vois rien. Comme je l'ai dit, je suis de l'autre côté de la table amovible. Il y a les banquettes écossaises et le coin cuisine. Et à babord, c'est les cabinets. Ils disent qu'on est bien équipés de ce côté-là. Mais ça ne m'amuse plus ces temps-ci qu'ils aient un broyeur. Pas plus que de savoir que le *Bel Henri* possède un foc à enrouleur ou la quille rétractable. Ça m'empêcherait plutôt d'être heureux.

Quatre ans de navigue! Je ne sais pas si vous voyez le poids que ça pèse sur un type de mon âge! Et ça n'est pas les langues étrangères que vous parlez, les poissons volants qui vous ont accompagné par nuit chaude, ou les plages de Tahiti, qui peuvent rattraper les inconvénients de votre solitude. Je vous jure que c'est drôlement astringent de ne pas avoir de copain plus d'une heure d'affilée ou de passer votre temps à dire adieu aux gens du ponton – avec du whisky, comme ils font – dès que vous commencez à les connaître un peu. J'ajouterai que, si la situation d'enfant maritime est déjà difficile quand elle a lieu entre deux parents dont vous n'arrêtez pas de recevoir les conseils avec juste onze mètres pour les éviter, elle devient franchement insupportable quand ils ne s'entendent plus. C'est ce qui est en train de leur arriver. Elle l'a giflé à Gibraltar. Il n'est pas rentré de la nuit à La Rochelle.

Ce matin, à Paimpol, ils ont remis ça.

C'est Paula qui a commencé à propos de l'Américaine. Celle qui a un mari semblable à J.R. à la télé. Elle a dit que pas seulement mon père se servait de l'accueil de ses vieilles fesses, mais aussi tout l'équipage de leur ketch. Ils sont cinq marins dont un Chinois. Un grand bateau, comme on peut voir. Mon père a traité Paula d'un nom de poisson. Elle a voulu le frapper, il a bloqué son bras et c'est elle qui a valdingué sur la table amovible. Elle s'est fendu la lèvre, ça saigne beaucoup à cet endroit-là.

Je suis sorti de ma couchette à quatre pattes et je leur ai conseillé de divorcer. Mon père m'a ordonné de rester à ma place. J'ai pris l'air le plus grave possible et j'ai répété :

– Si vous ne vous entendez pas, vous n'avez qu'à divorcer.

Mon père a dit :

– Petit crétin. Si nous ne le faisons pas, c'est pour toi.

Et il a allumé nerveusement une cigarette.

– Ne vous gênez pas pour moi, j'ai dit. J'aime mieux être un enfant privé de soutien.

Mon père a dit petit con et il a pris son pull-over blanc. Ma mère a dit qu'il aille rejoindre sa poule, puis elle m'a coupé les cheveux pour se passer les nerfs. Quand elle a eu fini de me dégarnir la nuque avec excès, je l'ai regardée dans les yeux. Elle m'a attiré contre elle, et elle avait de gros seins comme je les aime. C'était vraiment confortable et ça ne m'était pas arrivé depuis longtemps de me reposer le front entre ses doigts. Elle m'a caressé la tête un bon moment. J'ai embrassé ses gros seins l'un après l'autre. Ils sortaient du maillot de bain qu'elle ne quitte plus. Je l'ai fait le plus près possible de leurs bouts. J'ai redemandé au sujet de l'eau chaude, quand est-ce qu'elle viendrait. Elle m'a répété avec patience ce que tante Thérèse m'avait raconté à un moment où ça l'amusait encore, sans avoir la trouille en chemise de nuit, que je lui touche le ventre par défi de neveu qui aime bien venir dans le lit des grandes personnes, que mon seul problème était de fermer les yeux et d'attendre un développement paisible de mon corps qui ne manquerait pas d'arriver quand j'aurais treize ans.

C'était encore loin mais j'ai fermé les yeux avec confiance. Quand je les ai rouverts, ma mère pleurait en travers de leur lit. Elle était tellement enfermée dans sa peine, que j'en ai profité pour fracturer le tiroir du secrétaire. J'ai pris la moitié des billets qui s'y trouvaient. Après, j'ai compté, ça faisait deux mille balles. J'ai pris mon canif de la marque Gimel au Violon, ma guimbarde pour faire de la musique et mon sac à dos où j'avais tout préparé.

J'ai grimpé l'escalier du rouf. J'ai sauté sur le ponton et après ça glissait tout seul vers la liberté. Dehors, ça me paraissait une vie large avec des tas de gens que j'allais enfin connaître. Ce jour-là, le soleil résistait pas mal au vent. Une belle matinée en somme, et, si le Bon Dieu pouvait reprendre la pneumonie que j'avais ardemment souhaité qu'il me donne hier, j'étais prêt à ne pas attraper le moindre rhume en attendant l'eau chaude.

Pour être complètement en mesure d'exercer mon émancipation, je suis allé consulter un avocat. Je voulais être en règle avec leur société. Sinon, on ne réussit rien de bon quand on est mineur. Ils vous foutent des bâtons dans les roues pour avancer sur les routes. Vous êtes sans cesse emmerdé par les gendarmes, papiers par-ci, papiers par-là, et moi, couper à travers bois et salir mon froc, ça n'était pas mon style, je trouvais.

L'avocat était une avocate. Elle m'avait fait pas mal

attendre pour mon âge. J'ai tenu le coup au fond d'un fauteuil, en remuant la jambe. J'étais coincé entre une potiche peinte de nombreux Chinois et une dame dont je n'aimais pas le chien. Ça s'entendait à ce qu'il grondait quand je lui tirais la langue. La dame lisait *Paris-Match* où mon père dit qu'on exploite trop le sang humain. Elle n'arrêtait pas de croiser et de décroiser les jambes. Elle le faisait dans un froissement agaçant pour un type dans mon état. Je me sentais énervé comme le jour où madame Stella Zicopoulos à force de décroiser ses jambes au soleil a fini par m'attirer les yeux au fond de sa grotte et que j'ai pris les jumelles de mon père pour être plus près de son mystère et qu'elle m'a piqué, attentif à plat ventre, caché derrière les hortensias, à rentrer par effraction grossissante sous le crêpe de Chine de sa robe à vomir, où les cuisses deviennent si blanches par manque d'habitude de la vie au grand air, qu'elles sont gravées une fois pour toutes dans votre tête, au point de pouvoir y repenser dans votre lit aussi clairement que ce jour-là où nous prenions le thé, et de les ressortir comme une vision colorée avant de vous endormir difficilement, parce que vous attendez l'eau chaude.

Au bout de cinq minutes d'énervement supplémentaire pendant lesquelles la dame a crissé jusqu'aux cuisses, j'ai quitté le fauteuil pour un pouf. Une fois en face d'elle, j'ai constaté qu'elle n'avait pas de petite culotte, mais c'était trop mystérieux pour comprendre quoi que ce soit. Elle avait bien embrouillé les choses avec ses poils et d'ailleurs, elle a été appelée par la porte entrebâillée parce que c'était son tour d'aller se plaindre chez l'avocate.

Maître Duvailler-Mauricourt s'appelait Monique. Je l'ai tout de suite mise à l'aise en l'appelant par son prénom. Au début, ça lui a fait plaisir de voir un petit homme qui savait ce qu'il voulait dans la vie.

– Alors? Pourquoi viens-tu me consulter, Henri?

J'ai éternué à l'improviste, ce qui est toujours humiliant si vous faites envoler une feuille de papier. Je l'ai ramassée.

– Je viens pour un divorce.

Comme elle n'avait pas l'air de piger le coup, j'ai ajouté :

– Je veux divorcer d'avec mes parents.

Monique s'est retartiné un peu de rouge à lèvres. Elle a fait bouffer ses cheveux alors que ce n'était vraiment pas le genre de geste provocant que j'attendais d'elle. Et elle m'a demandé mon nom de famille. Je lui ai donné. Seulement alors, elle a commencé à prendre l'air d'une juriste qui fait son boulot. Avec ses lunettes myopes, elle écrivait tout. Elle m'a questionné sur mes parents. Elle a noté les circonstances de notre désunion. Elle a écouté mes griefs, c'est le mot qu'elle employait sans arrêt, griefs. Et j'ai déballé toutes les histoires de cabine-couchette. Elle avait l'air passionnée, surtout par les détails infimes.

– Au Danemark, je crois qu'on peut divorcer, j'ai dit.

– Je pense que c'est en Suède, m'a-t-elle répondu. Mais est-ce que tu ne te sens pas un peu trop jeune pour le faire?

J'ai dit non. Que j'avais mûrement réfléchi. J'ai éternué à nouveau. J'ai repensé à la gouttière. J'ai demandé :

– Alors? Est-ce que vous pouvez m'arranger ça?

Monique s'est levée. C'était une grande perche avec une froide détermination. Elle s'est déplacée derrière moi et elle m'a caressé la tête à rebrousse-poil.

– Mon pauvre Henri! Ton malheur, c'est qu'en France on ne divorce pas d'avec ses parents! La loi ne le prévoit pas.

– Même avec du pognon?

Et j'ai montré les deux mille balles.

Plus tard, quand j'aurai l'eau chaude, je serai un type impénétrable. Monique s'en est rendu compte à ce moment-là. Elle a sifflé d'admiration.

– Ben mon petit lapin! elle s'est exclamée.

Et j'avais beau ne pas vouloir devenir son petit lapin parce que mon père dit qu'il ne faut pas mélanger les affaires et le sentiment, j'ai senti que j'avais l'air assez content de moi.

Là-dessus, Monique a réfléchi. Ça s'entendait au silence qu'elle mettait entre nous. J'ai fait bravo avec mes cuisses et elle l'a remarqué pour la troisième fois.

– Est-ce que tu n'aurais pas envie d'aller faire pipi? m'a-t-elle demandé poliment.

J'ai dû reconnaître que c'était une préoccupation en ce moment.

Elle m'a ouvert une porte avec précipitation et dans le couloir, elle m'a recommandé de tourner deux fois à gauche avant d'entrer dans la salle de bains.

L'éclairage indirect y était merveilleux. D'un coup vous vous seriez cru chez des milliardaires. Le lavabo, la baignoire, toute la céramique, étaient noirs. Et par-dessus tout, Monique possédait de nombreux flacons de parfum. Dès que j'ai été débarrassé de ma préoccupation qui n'en finissait pas de vider mon ventre, j'ai débouché une jolie bouteille. Elle prévenait par étiquette qu'elle était *Chant d'arômes*. Mon nez est très sensuel à ces respirations-là, comme me l'a souvent reproché ma mère. Personnellement, c'est une ivresse que je n'aime pas empêcher de m'atteindre parce que je la trouve agréable et fertile en comparaisons.

J'ai retroussé mes manches et à l'aide du pulvérisateur, je me suis secrètement procuré un échantillon de chaque odeur. J'ai lu sur une autre étiquette qu'on pouvait aussi dynamiser son visage avec quelques gouttes de fluide énergisant. Je me suis dynamisé. Après, comme ils le recommandaient sur un autre flacon, je suis allé « plus loin dans l'hydratation ». J'ai ajouté un peu de crème de jouvence à tout ce que j'avais déjà étalé. Je me suis lavé les mains. Enfin un coup de crayon anti-rides, et je me suis retrouvé dans le couloir.

Juste comme j'allais entrer sans frapper dans le bureau de Monique, j'ai entendu qu'elle parlait au téléphone. Elle le faisait avec la capitainerie du port. Elle disait qu'elle avait un petit fugueur sous la main et qu'il faudrait naturellement prévenir ses parents qui habitaient sur un bateau. Qu'en attendant elle allait amuser le tapis et que j'avais les yeux fiévreux.

J'ai rebroussé chemin. Elle ne m'a pas eu avec sa ruse de la boisson chaude, du coup de grenadine ou de Dieu sait quoi avec une paille. J'ai récupéré mon sac à dos dans la salle d'attente. J'ai cassé son foutu vase exprès, et après m'être assuré que les nombreux Chinois étaient partout sur la moquette, je me suis retrouvé à courir dans la rue.

Si vous êtes un fuyard, il faut avoir l'esprit de

décision. Je n'étais pas assez bête pour aller à la gare et essayer de prendre un train. Parce que c'est sûrement là qu'ils tenteraient de me piquer en premier. Tandis que chez une pute, les enfants de mon âge, c'est pas si courant.

Amélie Béguin habite derrière le port. Une fois qu'elle a sa coiffe, elle a l'air d'une bonne crêpe. Mais, comme disait oncle Loïc, le mort mari de tante Thérèse, « sous la dentelle, se cache le froid qui brûle ». Tonton savait de quoi il parlait. Il était épatant. Il arrêtait pas de se brûler avec le froid des domestiques, Amélie première servie, enjambée vive à dix-huit ans, dans la buanderie à ce qu'il paraît, à même le linge de famille. Tante Thérèse préférait regarder ailleurs quand on lui parlait de ça. Tonton cavalait, bon. Elle priait. Ça pouvait toujours servir. Total, c'est tonton qui a cassé sa pipe.

Pour en revenir à Amélie Béguin, à cette époque-là, même décoiffée, elle connaissait pas encore ses possibilités financières. Elle débutait. C'est petit à petit que les gens sont venus lui proposer l'eau chaude. Elle a fini par céder. Avec la clientèle qui se formait de bouche à oreille, plus besoin d'être blanchisseuse sur lieu. Elle n'avait plus à sortir de sa petite maison que son père marin lui avait laissée un soir de naufrage. Elle attendait que le soir tombe. Elle allumait sa lanterne. Calme comme une motte de beurre, elle se postait derrière le rideau. Elle tricotait des pulls marins. Des torsadés avec l'ancre dessus.

De temps en temps, on frappait au carreau. Elle finissait son rang. Elle posait son ouvrage. Ils entraient, les mains gourdes. La casquette à la main. Marins ou capitaines, parfois un équipage. Ils apportaient un tacot pour le chat. Des ormeaux pour Amélie. Ils jouaient aux dés l'ordre dans lequel ils passeraient dans ses bras. Le premier à utiliser l'eau chaude payait le Gros Plant, une bouteille de vin qui était la patience des autres. Et ainsi de suite le muscadet, Amélie avait plus qu'à ouvrir les cuisses dans ses draps bien frais. L'argent était sur la table, près du sucrier. Et hop là, c'était du bon temps pour tout le monde.

Ce jour-là, quand j'ai frappé chez elle, Amélie se défendait pas mal. Trois marins fumaient sur des chaises en attendant leur tour.

Dans la pièce voisine, un gros Hollandais faisait trembler la maison en retombant sur le lit. Amélie faisait tout « pour le faire reluire », c'est ce que m'a expliqué François La Qincampe en m'ouvrant la porte avec un air circonstancié et sa cravate à palmiers. En tant que clientèle de passage, ce Hollandais-là était intouchable. Tout le monde était bien d'accord pour supporter ses coups de reins. Parce qu'il était un riche armateur qui faisait rentrer des devises en dollars inespérées et « qu'il donnait une prime chaque fois qu'il déjantait ».

François la Quincampe est la moitié de crêpe d'Amélie. Enfin il ne l'est pas vraiment, mais il profite du beurre. C'est un presque mari sans les inconvénients. Il ne diffère en rien des autres à part son physique qui est plus jeune que celui d'Amélie et ses costumes pas vraiment sport pour la saison. Les affaires de François sont à Paris. Elles ont de plus en plus de volume. Amélie se plaint qu'il vienne de moins en moins respirer l'air pur de la Bretagne sauf quand celui de Pigalle devient trop malsain.

François me connaît bien. Il rit avec sa dent en or. Il connaît l'histoire de mon oncle. Il n'a donc rien contre mon âge qui s'instruit en rendant visite à Amélie. Au contraire, il dit que je suis un gamin qui ne perd pas de temps. Ce qui me contrarie, parce que j'aimerais en perdre le plus possible pour qu'il m'en reste moins à passer avant d'avoir treize ans.

Aujourd'hui, François a mis un costume ridère. Ridère veut dire élégant au cas où vous ne le sauriez pas. François ne parle pas exactement le français. Il préfère le jaspiner. De cette façon, il emploie des mots d'une plus grande variété que les Bretons d'ici. Des mots arbres, avec des tas de branches, je trouve. Et ça m'intéresse bien d'apprendre le plus de vocabulaire possible de sa part parce que ça peut me servir pour plus tard pour être encore plus impénétrable quand je distribuerai l'eau chaude. L'autre jour, par exemple, devant une bouteille de muscadet, la Quincampe a essayé en cassant ses fruits de mer de m'expliquer la différence entre une vrille ou gougnote et une caroline ou gerboise. J'ai à peu près pigé bien que ce soit difficile à imaginer. Une vrille, à mon avis, est une femme qui n'a envie de creuser *que* les autres femmes. Et tant pis pour l'eau chaude. Elle y renonce! Tandis qu'une gerboise est un garçon mal placé qui n'y renonce pas. Simplement, il ne l'obtient qu'avec l'autorisation arrière d'un autre garçon. Celui qui recule devient alors une caroline.

Le soir de ces explications, Amélie a poussé une colère.

– Arrête tes conneries, petit hareng, elle a vitupéré

contre François. Henri aimera que les vraies femmes. Hein, mon Toto?

Son Toto a dit oui. Et après, pour nous distraire, Amélie a effectué un strip-tease jazz et tango. Ça valait le coup de pas payer pour voir ça. Et j'ai chaud à l'aine quand j'y repense.

Ce soir, François m'a fait entrer dans la salle à manger. Elle n'a pas beaucoup changé depuis le naufrage du père d'Amélie. Une preuve qu'il faut se méfier du temps parce que, dans certains cas, il est capable de s'arrêter. Quand ça arrive, le passé s'entretient, même les odeurs de cire, et c'est mauvais pour le présent qui déguste. Ainsi, il paraît qu'Amélie pleure chaque fois qu'elle passe devant la maquette de bateau qu'avait commencée son père. Ça lui fait mal entre les seins. Une douleur d'angoisse à ce qu'il paraît. Total maintenant, ils bouffent à la cuisine.

– Elle commence à vioquir, a dit ce fumier de François.

Il s'est contemplé dans la glace. Il a dit :

– Demain je remets les voiles sur Paris. Là-bas, y a du pain sur le trottoir. Des chevaux frais.

Il a fait le ménage de sa dent en or. Il a fait mousser sa pochette. Moi, j'ai éternué et un grand frisson m'est monté jusqu'au cou.

Après le Hollandais, les trois marins locaux ont pas duré trop longtemps. J'ai pu embrasser Amélie et je lui ai rien caché au sujet de moi comme enfant en cavale de la société. Amélie a pris l'air grave. Elle a viré un cartahu de la Marine nationale qui voulait faire un viron sur son ventre malgré l'heure tardive. Elle a fermé les volets. Elle a dit :

– François, je ferme le bouic, Henri a besoin de moi.

Elle a éteint la lanterne. On a bouffé des œufs coque et François a pas mal picolé.

Après, ça n'a pas été une soirée ordinaire. D'accord, j'étais pas mal barbouillé à l'intérieur, mais c'est surtout François la Quincampe qui est monté sur la scène. Il s'est mis à nous raconter comment mômineau, quand il portait des pantalons blancs, il était devenu tueur de pigeons à gages pour un marchand d'oreillers. Il disait qu'il était un gamin à l'ardeur quasi bénévole parce que de toute façon, ces bestioles, il pouvait pas les piffer. Elles faisaient fiente sur les carrosseries des bagnoles et rien que pour cette raison, il les aurait persécutées gratis. A courir sur les toits après ces engeances, il en avait bien étranglé trois cents. Et c'est pas autrement qu'il s'était découvert cette fameuse aversion pour la plume. (Une véritable phobie. « Avec p, h », il a dit.)

– Ça t'a pas empêché de vivre avec des poules, a dit Amélie Béguin.

Elle a lancé un programme à 65° sur la machine à laver la vaisselle.

– Cause pas de ce que tu comprends pas, l'a remise en place François. C'est une aversion pathologique qui m'habitait. Elle m'a plus quitté, figure-toi.

Il a frotté sa bague avec un air trop absorbé et il a redemandé pas mal de muscadet.

A ce que m'avait raconté Amélie un soir de tempête, c'est avec des mots compliqués qu'il l'avait eue, François. A cause du vernis, il épate. Cinq ans plus tôt, à force de porte-à-porte, Quincampe avait débarqué chez elle à l'heure du dîner. Son costume brillait aux coudes. Il proposait une encyclopédie par l'image en trois volumes, reliés skaïvertex. Et rien qu'à lui raconter la lettre C, il l'avait dégommée.

– Tu te rappelles ? elle l'interrogeait en minaudant féroce.

La Quincampe se marrait.

– Ouais, il faisait sobrement.

Il se penchait sur elle. Il rempilait séducteur pour faire plaisir à la grosse.

– « Cénesthésie », il lui soufflait dans l'oreille. « Ensemble de nos sensations internes, thermiques, viscérales, respiratoires et circulatoires... »

Il feuilletait un bouquin qui n'existait pas. Elle gloussait. Il posait la main sur son genou.

– Oh toi ! elle consentait.

– « Cénobite », il lui susurrait en la dardant dans le bleu des yeux. « Moine qui vit en communauté... Personne menant une vie austère... »

– Tu parles ! elle gloussait.

Il ébouriffait l'encyclopédie. Il revenait en arrière. Tiens, toujours le hasard, il lui prenait une totoche dans la main. Faisait l'étonné.

– Pas devant le petit, elle se défendait.

– « Cenelle », il proposait. « Fruit de l'aubépine ».

Et il redemandait du muscadet.

Le soir dont je vous parle, comme Amélie pouvait plus lui en fournir, il est passé au casse-poitrine. C'était du 47°. Un truc musclé qui sortait d'alambic. Le genre qui facilite les idées fixes. Preuve : la Quincampe a rembiné sur les oiseaux. Histoire de poursuivre dans la plume, il a mis le cap sur la marée noire. Dans le genre catastrophe nationale, il disait qu'elle avait pas mal contribué à la destruction de ses ennemis héréditaires. Parce qu'elle les engluait de bitume. Pas un macareux qui s'en tirait. Mais le naphte et mazout ont pas eu l'effet escompté. Amélie s'est mise à chialer dans le sucrier. C'était à cause de son père. Il était mort avec cinquante et un autres dans l'explosion du *Bételgueuse,* au sud de l'Irlande, à Bantry Bay.

C'était une histoire que je connaissais par cœur parce qu'elle était usée jusqu'à la corde.

– Tu vas pas nous raconter le décès de ton père, a prévenu la Quincampe. Je supporte plus les naufragés.

Dernière des choses à dire. Amélie, vexée, s'est mise au tutu. Elle épongeait comme un buvard. Une contrariété d'encre. J'avais beau essayer de l'arrêter, verre après verre, elle buvait à sa perte. C'était surhumain l'épaisseur de cafard qu'elle pouvait trimbaler dans ces moments-là. Plus fort qu'elle, il fallait qu'elle dégoise.

Elle nous a regardés avec ses yeux du malheur et tout y est passé : la longueur du pétrolier, 281 mètres. Son fret, 121 000 tonnes de brut. Sa provenance, Ras Tanoura, Arabie Saoudite, où il avait chargé. Un raffinement de détails qui n'en finissaient pas d'empirer. Une litanie cruelle comme un *De Profundis*. Et que je t'égrenne. La voix sourde, le regard poché, les mains gonflées par l'alcool. Elle s'est mise à nous réciter le rosaire des tankers disparus.

– *Olympic Bravery*, *Texaco Massachusetts*, ça donnait. *Alva Cape*, *Princesse Irène*, *Circi,* elle disait. *Corinthos*, *Univers Leader*, *Silja,* elle reprenait. *Gulf*

Oil, *Amoco Cadiz*, *Torre Canyon*, elle lancinait. Jusqu'à ce qu'elle s'écroule sur la toile cirée.

Le temps d'un ronflement, la Quincampe s'est levé sur ses gommes.

– Bon, il a fait, la v'là pion comme à Noël.

Il a contourné la table pour tâter le pouls d'Amélie. Ça lui a filé la grimace.

– Collapsus de ventilation et tout le tintouin, il a diagnostiqué. L'outil de ses fesses inutilisable pour quinze jours, il a musiqué. Dans ces conditions, je remonte à Paris... Paname, Paname! il a chantonné.

Il a raflé tous les sous qu'il a trouvés. Et les dollars, miam miam, pareil. Il est monté faire sa valoche.

J'ai embrassé Amélie sur ses petits cheveux dans la nuque. Ça m'embêtait pour elle qu'elle soit mate. J'ai pris une aspirine parce que j'avais mal à la tête. J'ai enfilé mon sac à dos pour être prêt à partir avec François. Je me suis mouché à fond, même que c'était pas du luxe. Je me suis fait un mal de chien derrière l'oreille – une narine après l'autre – ils le disent.

Et en attendant l'eau chaude, j'avais drôlement mal à la gorge pour avaler.

François la Quincampe a pas fait de manières pour m'emmener.

Il m'a simplement demandé si je savais où aller en arrivant à Paris. J'ai hoché la tête, oui, oui, oui, tu parles, et j'ai baratiné une histoire toute prête de tante à moi qui habitait du côté de la tour Eiffel. J'ai ajouté qu'elle adorait l'ail et Mozart qui est un jeune musicien pour grandes personnes. Avec des détails pareils, je croyais avoir peint suffisamment de vérité autour d'elle pour qu'on ne discute pas de son existence. Au lieu de ça, Quincampe a tiré son œil vers le bas. Il a dit que c'était bidon mais que ça ne le dérangeait pas du moment que je ne restais pas un enfant à charge dans ses pattes.

Et on a pris la direction de Saint-Brieuc.

J'étais renversé vers l'arrière sur le cuir pourri de sa D.S. La pluie s'est mise à tomber. Les essuie-glaces ne suffisaient pas, à cause de leur maigreur, à faire du bon boulot quand on croisait des semi-remorques. François disait merde ou des choses que je comprenais pas chaque fois qu'on recevait un baquet d'eau sale. Il ralentissait jusqu'à ce qu'on distingue de nouveau la route et pendant deux cents kilomètres, en suivant les lignes blanches, il a parlé des femmes. Il a dit qu'elles étaient de constitution creuse. Et qu'elles passaient leur temps à attendre qu'on les remplisse. Il m'a confié aussi qu'il les haïssait pour « leur incurable besoin congénital, stupide et insatiable, d'être comblées ». Je trouvais qu'il disait principalement des conneries sur le sujet, mais je n'avais pas assez d'autorité pour l'empêcher de postillonner sur moi – toujours la même joue qui trinquait – en me parlant.

Il a cherché un paquet de cigarettes et j'ai vu qu'il avait un gros revolver dans le vide-poche. Personnellement, à cause de la gouttière, je me sentais pousser une fièvre pas normale et j'avais peur d'être entraîné rapidement par l'exagération de mon imagination qui s'emballe chaque fois que je couve une sacrée maladie. La Quincampe a remarqué ma mine à faire peur.

– Qu'est-ce qui t'arrive ? il m'a demandé, tu ressembles à un chewing-gum mâché trop longtemps.

J'ai même pas répondu. D'ailleurs, il m'emmerdait.

Il a essayé de remettre ça avec les femmes mais il a vu dans mes yeux que c'était un sujet qui débordait. Je lui ai tourné le dos, avec nonchalance, j'espère. Il a voulu aborder le chapitre de l'école. Savoir de moi des trucs pourris, du style où la Loire peut bien prendre sa source. Mais j'ai continué à regarder dehors. J'y ai mis une obstination d'autant plus grande que j'étais sacrément tourmenté par ma santé qui déclinait. Par exemple, même ma salive coinçait de plus en plus pour l'avaler.

La Quincampe a fini par tirer la gueule. Comme il avait toujours pas de cigarettes, il a trouvé un prétexte pour bifurquer vers une station-service. Avant la cartouche de Marlborough, il a décidé de faire le plein d'essence. Il s'est arrêté à Super marqué sur un volucompteur, et, pendant qu'il faisait le tour de la voiture pour faire le self-service de lui-même, j'ai piqué son revolver dans la boîte à gants.

J'ai mis mon sac à dos et je suis descendu. J'ai regardé François avec un regard épais.

Le vent lui avait enlevé sa moumoute. Il tenait le postiche à la main. Il n'était pas habitué à être un chauve de tous les instants. Ça se voyait à sa contenance qu'il perdait sur la piste. Malgré tout, le bas de son visage crispé par le froid, il essayait de la rattraper en me souriant. Il m'a demandé où j'allais comme ça. Je lui ai répondu que j'allais là où même les rois vont à pied. François m'a dit :

– Bonne branlette.

Un con pareil, quand on a la tête comme un genou,

j'ai pas regretté de lui avoir piqué son revolver.

Je suis entré dans la boutique-shop. J'ai reluqué les petites bagnoles pour enfants de mon âge. Je les ai trouvées trop chères. J'ai suivi l'étagère le long des accessoires auto, et, dans un renfoncement, j'ai fini par trouver la porte Gentlemen. Gentlemen était une appellation fausse à l'intérieur, parce que l'atmosphère sentait la crevette louche et qu'un gros type n'arrangeait pas l'état des lieux. Après un pet, il a craché dans le lavabo. En me voyant, il a opté pour un air distingué en se recoiffant. Il l'a fait devant la glace, un peu plié sur ses genoux, en mouillant son peigne sous l'eau du robinet. L'humidité l'a aidé à confectionner un cran à la mesure de son front. J'ai pensé que si la connerie avait été un fleuve, son visage aurait été majestueux. J'ai bâillé en le regardant. Du coup, il est sorti en vitesse pour courir vers une famille qui se contentait de lui, et, une fois seul, j'ai pu jeter un coup d'œil au revolver. Il était marqué « Arminius » sur le canon. Je me suis dit qu'avec le fric que j'avais en poche et la possibilité par balles de devenir un vrai gangster pour plus tard, je n'avais aucune raison de continuer à supporter la conversation d'un type aussi moyen que la Quincampe. D'ailleurs, j'étais parti pour un dix mille mètres et lui pour un soixante. Question souffle, nos routes devaient se séparer là.

Je suis ressorti. La boutique était pleine. La Quincampe était à la caisse, en train de payer son essence. Je me suis glissé dehors. Je me suis enfoncé dans l'obscurité. Le vent sifflait sur le drapeau de la British Petroleum. J'ai pensé au mât du *Bel Henri,* aux nichons de ma mère qui ne s'ouvriraient pas de si tôt pour reposer ma tête dans leur creux. J'ai avalé ma salive pour changer d'envie de pleurer. Et j'ai gagné le parking pour les camions. Les Berliet, les Unic, les Volvo, les Mercedes étaient nombreux. Ils étaient des mammouths qui attendaient d'enfoncer l'autoroute avec leur front. Je me suis avancé vers un routier belge en salopette. J'ai raconté qu'un enfant de salaud m'avait pris en stop et qu'il m'avait proposé, comme mineur, d'être une caroline de secours. Comme il ne comprenait pas, je lui ai expliqué autrement qu'un sale type avait essayé d'abuser de mon âge. J'ai investi dans des détails superlatifs pour qu'il admette que j'étais un enfant martyr voyageant dans des conditions difficiles.

J'ai pleuré juste quand il fallait. Le routier a pris l'air emmerdé. Il y avait beaucoup de vent autour de nous. J'ai éternué. Et j'ai placé l'histoire de ma tante de la tour Eiffel. Il m'a dit de monter dans le bahut et qu'il était fruits et légumes. A l'intérieur, ça sentait la soupe aux choux. Il avait une bonne radio et j'ai dormi sur la couchette. Au-dessus de moi, il y avait une pin-up. Elle me souriait dans le noir en remontant sa jupe. Quand on croisait un autre camion, la lumière des phares éclairait ses cuisses.

C'est là qu'était le mystère de sa vie.

Quand je me suis éveillé, la radio disait que le coca cola décaféiné arrivait en France. Après, le speaker a annoncé qu'en Amérique un prisonnier condamné pour viol avait dû choisir entre trente ans de prison et la castration. Il avait choisi la castration. Le Belge a fait ouille en faisant la grosse main autour de son zizi imaginaire, comme pour le protéger d'une grande douleur. Après, en se marrant, il a envoyé l'air comprimé dans ses freins. Le 48 tonnes a bronché le long d'un trottoir. Le routier international m'a dit aimablement que, porte d'Orléans, il valait mieux que je descende là. C'était près d'une bouche de métro, est-ce que j'avais de l'argent ? Je me suis laissé prêter vingt balles. Je l'ai remercié comme bonne poire. Je l'ai remercié avec une poignée de main cordiale et j'espère que ça suffisait.

Une fois sur le trottoir, j'ai enfilé mon sac à dos. Le cafard me collait à l'intérieur des joues mais j'ai avancé comme si je savais où aller.

Les gens étaient nombreux. Ils marchaient tous rapidement et leur vitesse m'aidait à faire semblant d'aller quelque part. En réalité, personne ne prêtait attention à un enfant avec les cheveux mouillés et un pull avec la lune devant. Je marchais sur fond jazz et tango. Une musique intime que je me jouais dans la tête pour essayer de tenir le coup.

A paris, il fallait se donner du mal pour voir le ciel. Les rues étaient brillantes parce que la lumière était encore allumée. Elle ruisselait de partout. Elle éclairait une pluie fine, assez désespérante pour quelqu'un qui n'a pas de projets, mais je ne voulais pas perdre mon moral avant d'avoir été découragé par quelque chose de vraiment important. Je pense que dormir m'avait fait du bien. Sauf à la gorge. Elle empirait de plus en plus. Il y avait aussi un poids qui m'empêchait de respirer jusqu'au bout. Exactement comme ce jour pourri où un salaud de quinze ans s'est assis sur mes côtes pour me faire avouer que je n'avais pas encore de poils au zizi.

Devant une pâtisserie, j'ai décidé de boire du thé et j'ai acheté deux croissants sur demande à une serveuse qui n'avait pas beaucoup de temps à me consacrer. Les croissants étaient impossibles à manger pour ma gorge. J'ai sauté de mon tabouret. Je suis allé jusqu'à la glace bisautée qui couvrait tout le mur afin d'agrandir la boutique et je me suis tiré la langue. En posant le doigt dessus, j'ai aperçu mes amygdales. Elles étaient défigurées par la maladie. Rigoureusement aussi cryptiques et rougeoyantes que pour Mardi-Gras, quand le docteur Piriou a dit à Paula que je n'y coupais pas de l'opération.

Ça m'a déprimé secrètement. En refermant la bouche, j'ai décidé de changer les croissants contre une coupe Melba ou un machin Hawaï. J'ai demandé à voir les glaces et ils avaient tous les parfums. En montrant un billet de cent francs, ils m'ont servi une cinq boules avec du chocolat chaud dessus. En mangeant la pistache après le praliné, je me suis souvenu de l'eau de toilette de Maître Duvailler-Mauricourt. J'ai retroussé ma manche de pull-over et j'ai pu constater malgré mon nez bouché que ça puait encore assez bon comme souvenir. J'ai attaqué la boule de chocolat et j'ai demandé un supplément de crème Chantilly. J'ai décidé de m'acheter une montre à quartz en sortant d'ici parce qu'un aventurier divorcé doit avoir l'heure au bout du poignet. Je me suis regardé de profil dans la glace. C'était assez avantageux à part que j'avais encore du mal à décider comment je devrais occuper mes journées entières en attendant l'eau chaude.

A un moment, j'ai eu un flash. Je me suis vu entrer dans un bijouterie avec le revolver braqué sur tout le monde qui criait grâce. Mais j'ai repoussé cette idée. Elle était total ringarde. Pas conforme à mon vrai tempérament qui est de vivre avec des femmes moelleuses, tandis que si on vous jette en prison, vous promiscuitez par des hommes décidés la plupart du temps à se procurer votre eau chaude par tous les moyens. Et même, s'ils sont des assassins, ils se jettent sur vous dans la cellule.

Une fois ma cinq boules terminée, je me suis dit que si mon imagination recommençait à s'emballer, c'est que la fièvre m'avait repris. Est-ce que je ne ferais pas mieux de sauter dans un train et de retourner à Paimpol ? Je me sentais juste assez d'énergie pour arriver en rampant jusqu'au ponton du *Bel Henri*. Je me suis clairement vu progressant mètre après mètre au prix d'un courage indomptable, tirant derrière moi mon sac rouge et trouvant juste l'ultime force adrénaline d'appuyer sur la gâchette du revolver pour attirer l'attention sur ma mort prochaine.

J'ai bouffé encore trois boules de café qui étaient les meilleures, et après, parce que le temps s'essoufflait et que la serveuse m'observait, j'ai demandé un Sundae Spécial. A dix heures du matin, c'était tellement particulier que la serveuse m'a conseillé de payer d'avance. Je l'ai fait pour qu'elle me laisse avoir la fièvre tranquille, mais j'aurais pu aussi bien lui braquer mon revolver sur le ventre. C'était une femme qui devait déraper pas mal question stupre. Le genre avec l'eau chaude triste dans un ventre trop large où tout le monde s'égare. Ou pas d'eau du tout, c'est bien possible.

Ma fièvre ne me lâchait plus. Elle me fermait les

yeux ou me réveillait en sursaut. A un moment, j'ai levé la tête et dans la glace bisautée, j'ai vu trois rêves. Le premier m'attribuait la tête d'Humphrey Bogart à la dernière bobine du film, le deuxième, l'eau chaude à volonté, et le dernier me faisait découvrir par reflet une rouquine si attachante qu'elle me paraissait au-dessus de mes moyens. Je me suis retourné. Et elle était bien là. Elle faisait la queue dans le monde de la réalité, en jupe à mille plis. Elle attendait un pain chaud.

Je me suis obligé à rester calme. Pas d'erreur, elle m'avait souri. Ce n'est pas drôle d'être trouillard. Pourtant, au fur et à mesure qu'elle avançait vers la caisse, je commençais à me sentir assez sexy et tout le bataclan. Ses yeux pressions ne me quittaient plus. Elle avait un front bombé comme je les aime.

J'ai pris une cuillerée de crème Chantilly avec une désinvolture extrême et je l'ai mise par erreur dans ma joue. Ma bouche est restée ouverte. Et impossible de vouloir être impénétrable parce que la rouquine venait d'éclater de rire. Après m'être essuyé avec une serviette de papier, je me serais bien contenté de respirer calmement et d'avoir l'air d'un dur. Elle s'est approchée de moi avec sa baguette de pain à la main. Elle en mangeait de temps à autre un petit bout.

– Bonjour, m'a-t-elle dit. Mon nom, c'est Chloé.

– Ah ? Moi, c'est Henri, j'ai dit d'un air blasé. Quel âge as-tu ?

– Sept ans. Mais c'est un âge que je n'aime pas.

– Mes sept ans ne m'ont guère marqué non plus. Autant que je me souvienne, c'était assez désagréable à passer.

Il y a eu un silence plutôt difficile à porter pour nous deux. J'ai demandé :

– Est-ce qu'une boule de glace te ferait plaisir ?

– Non, a-t-elle dit en soupirant. Tu sais comment c'est, nous devons faire attention à notre ligne.

J'ai essayé de montrer du mépris pour ses hanches.

– Est-ce que tu sais seulement embrasser sur la bouche ? j'ai demandé.

– Pas couramment, a-t-elle avoué. Je trouve ça un peu sale quand on ne se connaît pas.

Je suis descendu de mon tabouret. Elle m'arrivait à l'épaule. J'ai dit :

– Ramasse mon sac. Je vais te raccompagner chez toi.

En se baissant, elle a cassé son pain. Mais elle a préféré dire un gros mot plutôt que de ne pas porter le sac. Quand on a eu passé la porte, je lui ai repris des mains parce qu'elle faisait traîner l'armature par terre.

– Donne-ça. Tu n'es pas assez forte.

Elle l'a admis. C'était sa force d'admettre.

– Pourquoi as-tu un sac à cette heure-ci ? a-t-elle demandé.

– Parce que je voyage, j'ai répondu. Paris n'est qu'une étape. Business.

Elle a incliné la tête.

– Tu viens de loin ?

– Plus que tu ne crois.

– De Chartres ?

J'ai regardé nettement au-dessus d'elle pour lui faire sentir notre différence d'âge.

– Tu parles à quelqu'un qui a déjà fait deux fois le tour du monde, j'ai dit.

Elle s'est arrêtée au coin de la rue. Elle m'a mesuré dans ses yeux. Elle m'a toisé. C'était une toiseuse. Elle a dit comme une menace :

– La seule chose que je n'aimerai jamais avec toi, Henri, c'est si tu es un menteur.

J'ai utilisé mon expérience en la mettant au service d'une apparence de type vraiment impénétrable. J'ai souri dans le vague. Je me suis appuyé contre le mur. Une épaule seulement.

– Je parle anglais. Je connais Tahiti. Et j'habite sur un bateau, j'ai persisté.

– Tant que tu auras cette attitude-là, je ne souhaite pas que tu m'embrasses, a dit Chloé. D'ailleurs, nous sommes arrivés devant chez moi et tu ne pourras pas me revoir aujourd'hui parce que je dois garder la maison et mon petit frère Albert qui a le malheur de percer ses dents.

Elle a tourné les talons. De la voir partir, je me suis senti dans un sale état. A part ma pneumonie qui couvait, c'était même une sorte de colique de déchirement. Elle était soudain tout ce que je possédais de vivant à part moi. Je l'ai rattrapée et je l'ai retournée contre moi. Elle avait un ventre en avant dont je devinais la chaleur. De près, je pouvais compter ses grains de beauté. Elle était une vraie rousse de tous les instants. Le temps s'est mis à peser lourd. J'ai fait comme si j'avais une personnalité odieuse.

– Je te préviens, j'ai des copains dans le milieu, une amie qui se prostitue et une grande cruauté au fond de moi-même.

– C'est possible, a dit Chloé. Mais moi, c'est l'amour sincère qui m'impressionne.

Alors j'ai craqué et je lui ai raconté que j'attendais l'eau chaude.

Elle a écouté tout ce qui s'y rattachait avec une intense curiosité. Cette fille-là, Chloé, elle avait des clés dans les yeux. Elle vous ouvrait rien qu'en vous regardant. C'est un truc que j'ai déjà constaté dans mes expériences sexuelles, il faut des clés. Sinon votre cerveau ne mousse pas. Vous ne risquez pas d'aboutir à l'eau chaude.

Alors que cinq minutes avant je me sentais encore d'une conversation sans intérêt, voilà que je lui déboutonnais toute mon intime conviction à commencer par celle que les enfants n'ont ni passé ni avenir, seulement leur présent. Et le mien était dans un état à faire peur.

J'ai tout déballé au sujet de ma mère qui souffrait de mon absence de père. Je ne lui ai pas caché ma recherche de pneumonie par l'eau froide et, dans ce fatras de vérités, j'ai abordé la blancheur des cuisses de madame Zicopoulos, ma nécessité de divorce et le travail de ventre qu'Amélie Béguin faisait sur les hommes de son âge.

Parfois, Chloé souriait derrière sa main. Elle avait un bon sens de l'humour et des fossettes en haut des joues. On avait fini par se donner la main et on marchait à petits pas sous la flotte. On a fait trois fois le tour du quartier. J'ai parlé. J'ai parlé. Et bien que je ne me sois pas trouvé intéressant à entendre ni rien, elle en oubliait de manger son pain qui ressemblait à une éponge gorgée d'eau.

A la fin, elle s'est arrêtée et on était revenus devant chez elle. Elle a dit :

– Voilà donc pourquoi tu es si sacrément tourmenté, Henri.

Elle a touché mon front. Elle a dit :

– Tu as fabriqué une grosse maladie exprès, n'est-ce pas ?

– Oui. Au début je l'ai cultivée. Mais maintenant, même si je n'en veux plus, elle m'empêche de parler.

Mes amygdales battaient le tam-tam. Dans ma poitrine, ça appuyait. Bon sang, j'étais si profondément fatigué.

– Tu ne sais pas où aller ?

J'étais si profondément fatigué, je vous dis.

– Est-ce que tu saurais grimper à l'arbre avec tes dernières forces ? elle m'a demandé.

On était entrés dans sa cour sans que je m'en aperçoive. Je ne m'apercevais plus de rien. On avait contourné la villa sans bruit pour que sa mère ne nous repère pas. On était au pied d'un poirier. Il arrivait par ses branches compliquées jusqu'à une fenêtre du premier étage.

– Les rideaux roses, c'est ma chambre, a dit Chloé. Je vais t'ouvrir de l'intérieur. Si tu arrives à entrer sans tomber, tu pourras te coucher dans mon lit et quand maman nous aura débarrassé le plancher pour aller travailler, nous serons entre enfants. Si tu veux, je t'apporterai un chocolat, du miel, des chamallows et on mettra Johnny Hallyday sur la chaîne pour que tu n'entendes pas Albert au cas où il percerait ses molaires.

Bon sang, je ne sais pas comment je suis arrivé jusqu'au lit. Je me rappelle que j'étais si fatigué en montant sur l'arbre. Il y avait des passages glissants. La mouillure des feuilles était un handicap supplémentaire, mon foutu sac ne passait pas toujours entre les branches, et c'est le vertige qui m'ennuyait. Chloé m'a tiré dans sa chambre et c'est elle qui m'a déshabillé. Pendant qu'elle est allée congédier sa mère le plus vite possible et je reviens, je me suis glissé dans les draps. Mes dents ont commencé à claquer de manière impressionnante. Je ne pouvais pas empêcher mon squelette de le faire. J'avais beau me répéter que c'est la condition de l'homme qui veut avoir l'eau chaude et sa noblesse de faire plus qu'endurer, j'avais peur de ne pas triompher.

Jusqu'à ce qu'elle revienne.

Elle a tiré les rideaux. Elle a mis je ne sais quelle musique et elle s'est glissée dans le lit. Elle avait apporté sa chaleur. Elle a posé sa main sur mon ventre. Elle a commencé à me frotter et j'ai perdu la boule. Elle me frottait et plus rien ne comptait d'autre. Sa tête était sur mon épaule et elle inventait les trous dans la mer. Je ne pouvais même pas la regarder tellement elle était contre moi. J'ai connu personnellement des tas de plaisirs solitaires mais celui-là était sans comparaison parce qu'il venait de la part de quelqu'un d'autre. Chloé était une petite maman avec en plus une jeunesse du diable. Elle répétait que si nos deux personnes n'en faisaient plus qu'une, rien de mal ne pourrait m'arriver.

J'ai fermé les yeux et j'ai eu confiance. A force d'être frotté, j'étais devenu un arbre. Je le sentais se dresser vers la lumière. Je n'avais plus besoin qu'on m'aide. Plus besoin de revolver. Tout ce que j'avais à faire était d'attendre l'eau chaude. Bientôt, elle arriverait.

L'Espoir des Pouilles

A Gérard Mordillat

Dimanche dernier, les lumières de la salle omnisport de Clermont-Ferrand se sont éteintes si brusquement que je n'ai pratiquement rien senti.

Consciencieux comme je suis, dès qu'au travers de mon œil gauche, j'ai aperçu des ombres penchées sur moi, je me suis mis en garde. Un bon boxeur doit toujours faire croire à l'adversaire que, même après une défaillance passagère derrière les genoux, il a encore quinze rounds dans les poings.

J'ai montré les gants, comme je viens de dire. Une, deux, j'ai esquivé avec la tête, rotation, et j'ai dû avoir l'air d'un con, parce que j'étais déjà rentré au vestiaire. On m'avait étendu sur une table. L'œil droit ne voyait plus rien. De ce côté-là, j'ai nettement entendu remuer la gourmette en or de monsieur Paul Rafflezzi. Emballée dans du coton, sa voix haineuse m'est parvenue. Elle sifflait entre ses dents que c'était tout à l'heure, imbécile, qu'il fallait lever ma garde. Comme le mauvais état de ma santé m'interdisait d'argumenter, j'ai fait un signe au soigneur, je me suis compté dix et je me suis doucement désintéressé de mon manager.

J'ai revu le soleil un mois plus tard. Il passait sa tignasse blonde entre les lamelles d'un store. En sortant du coma, je ne savais plus très bien qui j'étais. Ça ne m'intriguait même pas de le savoir. Je ne me sentais pas de contours véritables, à part ceux d'une sale gueule qui ne m'inspirait pas confiance. Et pourtant, au fond de moi-même, j'avais la certitude de m'être bien connu.

Plus tard, j'ai fait des progrès lents. Pour m'encourager, les médecins n'ont pas cessé de me répéter que j'étais moi. En prenant leur temps, six mois environ, ils sont arrivés à me recentrer. Leur thérapie a consisté alors à me faire remonter sur le ring par la pensée. J'ai pas mal divagué entre les cordes avant d'admettre que j'avais été un poids moyen. Mais le médecin-chef n'a véritablement paru satisfait de moi que le jour où il m'a surpris en train de chercher mon protège-dents sous le lit.

Ce matin-là, il m'a fait passer un short absinthe et un peignoir. Bras dessus bras dessous, nous sommes allés regarder la télé dans une salle de l'hôpital où ils organisaient les loisirs.

La chouette de psychiatre qui est la seule à pouvoir me faire prendre mes cachets roses à cause de sa grosse poitrine est venue nous rejoindre et aussi toute l'équipe soignante. La psy m'a fait un sourire dénicheur et ils ont allumé le poste. Sur l'écran, j'ai vu le match de boxe le plus ringard du siècle. Tonny Martiano contre Benvenuto Cellini, dit « l'Espoir des Pouilles », KO au troisième round. Une défaite drôlement méritée parce que le rital était plutôt nul.

Ils ont continué leur programme en nous montrant

Cellini à l'entraînement. Ce mec-là mouillait honnêtement son T-shirt devant le sac de sable, mais pas suffisamment pour m'intéresser. Je préférais essayer de m'approcher de la psy, mademoiselle Foxberger. Je l'ai regardée en profondeur. Même avec mon œil gauche, ça devait suffire vu la médiocrité de son visage sole et limande. Seul le reste d'elle m'encourageait à vivre, son intelligence au-dessus de la mienne et ses seins, comme j'ai dit. J'ai cherché à lui exprimer par communication muette les progrès qu'accomplissait mon report à son égard. Elle a glissé sa main droite dans la mienne. J'ai apprécié sa transpiration secrète. Elle a pris l'air charitable en me dévisageant. Elle m'a dit doucement :

– Il faut encore regarder la télévision. C'est un programme qui vous concerne. Vous n'êtes pas trop fatigué ?

Je l'étais plus que je ne saurais dire et la tête vide, mais j'ai voulu lui montrer que j'en avais encore dans les poings. Je lui ai serré la main.

Aussitôt, ils ont montré un autre match. King Crimson contre le même Benvenuto Cellini. Et Cellini a encore plongé. Les coups pleuvaient sur lui. Un ralenti insoutenable. Sa tête qui volait, ses joues qui prenaient des mauvais plis de pilote supersonique et des gouttes de sueur qui pulvérisaient la peur dans la lumière du ring. Le pire, je trouve, c'étaient les gens qui gueulaient dans le confort des gradins mal éclairés. Leur sauvagerie me faisait fermer l'œil et boucher les oreilles.

– Descends-le! ils criaient. Tue-le!

Je me suis mis à trembler. Le médecin a voulu me

réconforter avec une cigarette. Je l'ai repoussée aussitôt. Sophie m'a donné raison. Elle était contente de mon réflexe et c'était plus raisonnable pour mon souffle. Elle avait beaucoup de personnalité et toujours sa poitrine qui veillait sur moi.

Le médecin et elle surtout ont obtenu de moi qu'on regarde un troisième match. Ils disaient que ça pouvait m'être utlile à condition que je me déshabille. Sophie est tombée très amoureuse de mes muscles dès qu'elle les a vus. Tandis que le médecin me retirait mon peignoir et que deux infirmiers me passaient des gants de six onces, je l'ai surprise la bouche entrouverte. Elle reluquait mes deltoïdes. Et visible, ça l'impressionnait favorablement.

Sur l'écran, c'est reparti. Cette fois, c'était Battling Duck, « le Canard de Chicago », qui s'apprêtait à donner sa leçon à ce ringard de Benvenuto Cellini.

Ce jour-là, torse nu dans sa culotte absinthe, Benvenuto-la-Poisse inaugurait une moustache fine destinée à faire mieux ressortir son physique méditerranéen.

J'ai jeté un coup d'œil vers Sophie qui remettait du rouge pétale sur ses lèvres. Après un sourire capucine, elle a dessiné un petit signe complice et m'a persuadé de regarder le combat.

Dès les premiers échanges, Battling Duck a fait reculer l'Italien dans les cordes. Il était terriblement mobile. Précis comme un pied à coulisse. Une deux. Une remise. Il a avancé. Esquive du contre, il a avancé encore. Il a doublé au foie. J'ai machinalement porté la main à mon visage et j'ai constaté que je portais une fine moustache. A la télé, c'était le cinquième round. Battling a bombardé l'Espoir des Pouilles. Il a essuyé une série assez éprouvante à la face. Il a éclaté de partout. Son œil droit était fermé. Son nez ressemblait à une pomme de terre trop cuite. Alors ce fumier d'Américain en a profité pour lui attendrir le foie, une vraie escalope milanaise. Quand il a triplé le coup, je me suis plié sur ma chaise comme une vieille chemise. Il venait de me faire mal. Le médecin et Sophie ont échangé un regard de triomphe quand je me suis dressé et que je me suis mis à sautiller à côté d'eux.

A mon tour, j'ai avancé. Direct du gauche, crochet du droit. Deux coup qui ont porté. J'ai frappé. Battling m'a pris en contre. Mon œil s'est fermé. J'avais le goût du sang dans la bouche. J'ai pris encore des coups. Je n'arrivais plus à me protéger. Une avalanche. Avant d'être trop soûl, j'ai regardé du côté de Sophie et du toubib. Ce salaud de Battling en a profité sur l'écran pour me frapper en plein bonheur. Je jure que ce salaud a cogné *après* le gong. J'avais déjà baissé la garde. Aux actualités, Cellini est tombé les bras en croix et moi, je me suis protégé la tête. Après, je ne sais plus bien l'ordre des choses. J'étais frileux dans mon short absinthe. Ils m'ont apporté mon peignoir. Je sanglotais, le front posé sur les genoux de mademoiselle Sophie. Elle me caressait les cheveux à l'endroit où j'ai des migraines. Je lui répétais que je ne voulais pas être Benvenuto Cellini et elle me conseillait d'accepter de l'être parce que comme ça mon amnésie serait terminée.

Le médecin était du même avis. Il m'a félicité d'avoir retrouvé ma personnalité et s'est désintéressé de moi. Ils m'ont gardé encore six semaines dans leur service, mais mademoiselle Sophie m'évitait. Elle recevait d'autres malades sur son canapé. J'ai eu un chagrin fou.

Après une série de piqûres qui m'étaient bien égal, l'administration a procédé à une enquête sociale pour savoir si j'avais de la famille. Comme je n'en avais pas, ils m'ont gardé au pavillon A.

J'ai une chambre avec Albert et quatre types moins doux que lui. Parfois, avec Albert, on se promène ensemble. On va jusqu'aux grilles du pavillon B. Il a tendance à me tenir par la main. Au dortoir, quand les autres se jettent sur lui et qu'il crie, j'ai si mal à la tête que je cogne sur eux avec mes poings. Albert rit. Ça le protège bien.

De temps en temps, quelqu'un en blouse blanche et avec un crayon s'arrête et me sourit. Je suis connu, c'est vrai. Mais le subterfuge ne prend pas. Cette personne-là, si elle prend cinq minutes pour me parler, me demande invariablement qui je suis. Elle vient de la part de l'administration, je le sais. Et bien sûr, elle ne me prendra pas en défaut. J'ai trop peur qu'on me jette dehors.

Je suis l'Espoir des Pouilles. Voilà ce que je suis. Trente-cinq combat. Dix nuls. Une victoire aux poings. Et vingt-quatre défaites par KO. Je me traîne en savates dans les couloirs de l'hosto. Et pas question que je baisse ma garde. J'avance. J'avance les poings levés devant moi. Une deux, je sautille. Je ne parle à personne parce que c'est déjà assez pénible d'être un boxeur sonné, un type avec un œil vide, des oreilles en choux-fleur, et un futur de balayeur.

Douze petits baigneurs et qui savaient parler

A Claudine Lison
et Jean-Pol Baras

Voilà ce que j'ai vu. Mais personne n'est obligé de le croire.

Il était attablé face à la porte et il essuyait. Il essuyait l'assiette que la serveuse venait de poser devant lui. Il essuyait les miettes de la table. Il essuyait ses couverts. Il essuyait le menu. Et il essuyait le revers de sa veste. Il essuyait même son crâne.

Il avait des mains énormes. Des poignets durs sortant de manches trop courtes. Sa tête carrée était vissée sur une nuque épaisse. Elle montait en droite ligne d'un dos rigide comme un blindage de coffre-fort. Il mangeait vite. Il pratiquait une mastication à petits coups brutaux. Ses lunettes loupes étaient brouillées par les dioptries. Un glacis de ce côté-là. Il était perdu de nourriture. Attentif à tout. Précis. Maniaque. Il essuyait. Il essuyait et surtout, il la regardait.

Elle était à la table voisine, une fillette avec un nœud dans les cheveux. Elle avait le front bombé d'un baigneur en celluloïd. De grands yeux bleus et pas de blanc autour. Comme c'était dimanche, elle était attifée. Une robe de taffetas, avec de la raideur.

Ses parents l'entouraient. La mère préférait rester

voûtée plutôt que de paraître plus grande que son mari. Ses mains allaient se réfugier sous la table dès que c'était possible. Et les yeux bleus, c'était elle. Le père avait donné son front. Il était de stature frêle. Il se rattrapait par un air obstiné et furieux.

Ni l'un ni l'autre ne parlaient.

Voilà ce que j'ai vu. Personne n'est obligé de le croire.

L'homme qui essuyait a commandé une bouteille d'eau minérale. Et aussi une bouteille de vin. Il remplissait son verre aux trois quarts d'eau, il y ajoutait du vin et buvait. Il essuyait puis il remettait du vin et buvait. Il attendait un moment, il regardait la petite fille, il s'essuyait le crâne. Il remettait de l'eau. Du vin. Buvait d'un trait. Et recommençait à fixer la petite fille.

Elle gobait des escargots en renversant son front bombé vers l'arrière. Elle était à côté de ses parents mais séparée. Ce qui était entre eux ne se voyait pas objectivement. D'ailleurs, je l'ai peut-être inventé. Mais ce qui compte est là : chaque fois que la petite fille reposait une coquille vide dans son assiette, son regard croisait celui de l'homme en face d'elle. Elle n'exprimait rien. Elle ne baissait pas les yeux. Elle remuait sa jambe sous la table. Il se mettait à essuyer des miettes imaginaires sur la nappe. Des poussières sur son revers et de la sueur sur son crâne.

La petite fille gobait. Sa famille se taisait. C'était un dimanche de novembre en Belgique. Elle gobait. Elle le regardait. Ils étaient accrochés l'un à l'autre dans les airs. Ils avaient un fameux rendez-vous dans l'espace. Voilà ce que j'ai vu. Il essuyait. Personne n'est obligé de me croire.

Il essuyait.

Il était hypnotisé par la petite fille. Il buvait en son honneur. Il mastiquait pour elle. Il essuyait pour elle. Elle avait fini ses escargots. Elle semblait morte. Elle attendait la suite. Ou rien. Ou un mot de ses parents. Mais ils ne disaient rien.

Dehors, il pleuvait. Les camions passaient en éclaboussant les murs du restaurant. Parfois, un routier entrait et le vent et l'aigreur de la terre mouillée le suivaient.

Il saluait d'un signe de tête bref et allait se laver les mains avant de s'attabler. Il revenait des lavabos en replaçant son entrejambe.

La petite fille a mangé une religieuse. Ses parents ont pris du café. La petite fille a murmuré quelque chose. Sa mère s'est penchée et a murmuré quelque chose. La serveuse est venue apporter une seconde religieuse. La petite fille a d'abord mangé le chapeau. Elle a essuyé la crème avec ses lèvres. Elle a remué ses jambes, rangées dans des bas blancs. Elle a regardé du côté de l'homme en appuyant sur lui comme si elle voulait le renverser avec ses yeux.

Il a essuyé beaucoup. Ça n'en finissait plus ce repas qui s'allongeait. Il a demandé son addition. Il a frotté son crâne. Il a regardé la petite. De nouveau, elle avait l'air morte. Ou abandonnée. Et ses parents bougeaient à peine.

Il est parti soudain. J'ai payé à mon tour et j'ai pris la route.

Voilà ce que j'ai vu. Personne n'est obligé de le croire.

C'était une grande nationale toute droite, fouettée par la pluie du nord. Les arbres se convulsaient sous la poussée du vent. Au bout de la route, une courbe. J'ai lancé ma voiture. Loin devant moi, une vieille camionnette dansait. Elle dansait en abordant la courbe. Il m'a semblé qu'elle tanguait juste avant de disparaître.

Quand j'ai pris le virage à mon tour, j'ai vu la guimbarde. Les quatre roues en l'air, elle commençait à flamber. Une roue tournait encore. Je me suis arrêté sur le bas-côté. Quand je l'ai ouverte, le vent a voulu arracher ma portière. J'ai couru pour secourir l'automobiliste.

C'était lui. Voilà ce que j'ai vu. Personne n'est obligé de le croire.

Il était coincé par la tôle. Ses yeux me regardaient sans lunettes, au travers des branches du volant. Je ne savais pas si c'étaient des yeux vivants ou des yeux déjà morts. Sa nuque faisait un mauvais angle avec son corps.

Dans le choc, il avait été submergé par le chargement qu'il transportait. Des boîtes de carton qui s'étaient ouvertes pour la plupart. Il en était sorti tout un peuple de petites filles roses en celluloïd. Elles étaient douze. Elles avaient toutes les yeux bleus. Toutes le front bombé. Elles étaient raides comme si elles n'avaient pas souffert.

Il en tenait une dans sa main crispée. Le feu léchait son corps. Son pouce, qu'il tenait pressé sur l'abdomen de la fillette en celluloïd, s'est relâché. Elle avait la jupe relevée sur d'adorables cuisses et elle s'est mise à faire pipi. Elle savait le faire. Et parler aussi, elle savait. D'une voix aigrelette, elle a dit :

– Je m'appelle Nicole. J'aime les bonbons et je ris.

Elle s'est mise à rire. Elle l'a fait avec un bruit d'enfant qui imitait bien la joie. Elle a dit encore Nicole. Le ressort est arrivé au bout de sa voix intérieure. Elle s'est mise à brûler. Les autres baigneurs se taisaient. Douze petits baigneurs et qui savaient parler.

Les flammes ont fait un bond. Une déflagration, un souffle d'air brûlant m'ont obligé à reculer. Toute la sacrée bouzine qui était devenue un mugissement de feu.

Voilà ce que j'ai vu. Personne n'est obligé de le croire.

Une voiture s'est arrêtée derrière moi, en haut, sur le talus. C'était la famille du restaurant. La pluie redoublait. Derrière les essuie-glaces qui peinaient, le père est resté au volant. Il n'avait pas d'expression. Il se haussait sur son siège pour regarder. La petite fille est descendue la première. Ensuite venait sa mère. Elles ont fait trois pas raides sur l'herbe mouillée. Elles avaient les mêmes yeux.

La petite fille a essuyé son front bombé. Elle a demandé à faire pipi. Elle l'a fait accroupie, en regardant l'incendie. On aurait dit qu'elle ne se décidait pas à se relever. Elle a tourné la tête vers sa mère. Le vent a dégagé son front. Elle a dit :

– Maman ? Est-ce qu'il est possible de tuer quelqu'un rien qu'en souhaitant sa mort ?

Sa mère a caché ses mains derrière son dos. Elle a regardé méchamment du côté de son mari. Elle a dit :

– Mais non, bien sûr.

Elle s'est reprise :

– Viens, tu vas gâcher ta robe.

La petite fille a essuyé son front bombé. Elle s'est reculottée avec un coup de reins.

Et la camionnette a explosé.

Signé Bondoufle

Au docteur Moulères

Ces temps derniers, Tante Girafe avait un peu perdu la boule. C'était souvent une déviance passagère – des absences concentrées, pendant lesquelles ses yeux de porcelaine se perdaient dans le vague du jardin, ou bien au contraire, des bouffées d'enthousiasme inopinées qui lui coloraient temporairement les joues d'un peu de confiture de rose. Les premières la basculaient dans un passé lointain où elle jouait à la poupée et conduisait des ânes, les secondes la projetaient dans de hasardeux projets pour son âge. Mais, j'insiste, il s'agissait la plupart du temps d'une folie douce et nullement encombrante pour les autres.

Tante Girafe se plaisait infiniment aux Glycines. Cette maison dévouée au troisième âge convenait à ses goûts. Elle y avait une chambre à part meublée par ses soins. Si l'envie lui en prenait, rien ne lui interdisait de se mêler aux activités communautaires. Elle prenait volontiers ses repas à la salle à manger d'en bas, qui regardait le parc, et elle ne se faisait pas faute de régenter les plus passifs des pensionnaires, les entraînant, dès le café pris, dans d'interminables parties de scrabble où elle excellait.

Ce matin-là, alors que je la visitais, je la trouvai dans le hall où elle m'attendait avec impatience. Dès le début de l'entretien, je lui découvris un air fourbe de petite fille qui a caché du sucre dans le creux d'un fauteuil. Elle riait d'une manière subaiguë. Pour un rien, pour un oui. Elle arborait un drôle de nœud coque, noué crânement sur le côté pompadour de ses cheveux cendre à l'anglaise, un ruban rose et moiré, visiblement détourné de quelque boîte de chocolats fins.

Elle m'entraîna par le bras du côté de la salle des distractions communes. Malgré ses soixante-dix-huit ans, la malice lui tirait la peau. Elle souriait sans cesse. Nous fîmes halte derrière un philodendron. Au travers de l'écartement fenestré de la plante, je notai la présence du couple de paraplégiques. Sans nous perdre des yeux, ces deux-là feignaient d'aller à dame sur un échiquier de fortune. A leur gauche, un cruciverbiste mongolien comptait sur ses doigts. A tous, Tante Girafe souriait délicieusement.

– Ils sont jaloux, dit-elle avec du miel sous la langue.

Et déboîtant inopinément son long cou de sa fraise claudine à dentelles, elle se pencha dans un effort télescopique vers la gauche.

– Il est là! susurra-t-elle en mouillant sa bouche maquillée en double file.

Elle ébaucha le geste d'applaudir, se reprit et se rongea un ongle.

– Regarde comme il a l'air triste, s'inquiéta-t-elle.

Elle essayait de me faire voir un homme prostré sur une chaise. C'était un vieillard osseux avec un profil de médaille, des vêtements propres et des poings de travailleur noués l'un à l'autre.

– Monsieur Bondoufle est arrivé hier, dit-elle soudain. Je l'aime déjà.

– Qui te l'a présenté ? demandai-je avec un empressement volontairement inquisiteur.

A ma grande satisfaction, Tante Girafe prit aussitôt l'air biais. Rien ne pouvait lui procurer plus de ce plaisir acide dont elle raffolait que la suspicion de son entourage. Ah ! Que n'aurait-elle donné, chère Tante Girafe, pour être mystérieuse !

– Qui te l'a présenté ? insistai-je.

Elle rosit de contentement trouble. En retapant ses cheveux, elle devint franchement impénétrable et lâcha comme s'il s'agissait de trois petites notes de musique :

– Je sais m'y prendre avec les hommes !

– Tu lui as parlé ?

– Non, avoua-t-elle. D'ailleurs, il n'a adressé la parole à personne.

Prenant appui sur le bac Riviéra, elle télescopa à nouveau son long cou et faufila son visage de poupée viennoise au travers de la liane épiphyte.

– Monsieur Bondoufle a de grands yeux tristes, se pâma-t-elle.

Elle ressurgit de l'imbroglio végétal et ajouta :

– Ce sont ses neveux qui l'ont placé ici. Les sagouins ! Pour le faire mourir ! Pour profiter plus vite de sa maison !

– Tante Girafe, ne t'emporte pas ! Tu vas gâcher ton cœur pour la journée.

– Mon cœur ! Ma journée ! Ces neveux-là sont des assassins de personne âgée !

– On a les neveux qu'on mérite... tu...

– Je hais l'intempérance de la jeunesse! trancha-t-elle.

Une tache de contrariété marbra son cou d'une nuance rosacée à hauteur de carotide. Alors qu'elle reprenait son souffle, elle posa sans aménité son regard sur un octogénaire qui gagnait le fond de la salle aux commandes d'une voiturette pour handicapé. Le géronte inclina la tête pour la saluer.

– Pchi! Le psychomoteur du fond du couloir essaye encore de me séduire, constata-t-elle, mais il n'a aucune chance malgré l'étendue de son vocabulaire et sa connaissance des femmes mûres.

– Qu'apprécies-tu donc chez monsieur Bondoufle? dis-je sérieusement. Personne ne trouve grâce à tes yeux.

– Sa grande dignité, rétorqua-t-elle aussitôt. Sa volonté de fer. Je l'aime parce qu'il est un *rebelle*!

– Contre qui se bat-il?

– Contre la terre entière, dit Tante Girafe et le feu monta jusqu'à ses pommettes. Contre ses neveux, les infâmes cochons! Contre l'administration. Contre la médecine... Monsieur Bondoufle est de la race protestataire.

Je jetai un coup d'œil du côté du vieillard immobile.

– Comment proteste-t-il? me risquai-je.

– Il se retient de pisser, dit gravement Tante Girafe. *Monsieur Bondoufle n'urinera plus.* Et je lui donne raison.

Ayant ainsi parlé, Tante Girafe s'en fut dans le parc.

Je l'y rejoignis avec à la main une boîte de bonbons

anglais de chez Smith Kendon qui, ordinairement, l'aurait jetée dans des transports de joie. Au lieu de cela, à petits pas, faisant et refaisant le tour de la pièce d'eau, nous arpentions les allées de graviers.

La vie avait pris les teintes imbéciles d'une carte postale en bromocolor. L'été embellissait les arbres. Un jardinier griffait les cailloux. Un tourniquet arômatisait la pelouse. Un merle sifflait une rengaine. C'était en tout point un calme après-midi de vieillards.

– Crois-tu que ce soit drôle ? frissonna ma tante en regardant les arbres. Crois-tu que ce soit digne d'attendre la mort ainsi ? En marchant sur des petit cailloux ? Et le soir devant la télé ? Plouf, jusqu'à ce que la tête parte en arrière ! Bêtes comme des poules qui grattent la cour et pondent des œufs jusqu'au dernier moment ! Est-ce que tu crois que je n'ai pas été mieux que ça ? Plus rayonnante ? Plus ambitieuse ? Plus sauvage ? Mets-le comme tu veux ! Quand j'ai épousé mon premier mari ? Et mon deuxième mari ? Et mon dernier mari ?

Elle s'assit sur un banc et se désintéressa de moi.

Tandis que je respectais son absence et la nature intime de son voyage intérieur en faisant les cent pas, monsieur Bondoufle apparut sur la terrasse. Les mains nouées derrière le dos, il tenait une bouteille. Au bas de l'escalier qui menait à la pièce d'eau, il me sembla qu'il jetait un regard circonspect sur l'ensemble du parc. Ayant repéré ma silhouette à contre-jour de la pelouse, il se décida soudain pour un banc qui nous faisait face à quelque distance.

Un merle atterrit devant lui, poussa un gloussement

furieux en le voyant au dernier moment, lâcha une fiente de frayeur rétrospective, et inclina la tête. Ensuite, s'habituant à la présence immobile du bonhomme, l'oiseau commença à siffler un tube pour jeune merle.

Tante Girafe avait relevé la tête. Elle souriait à monsieur Bondoufle. Le teint mystérieusement translucide, elle avait quitté cette pâleur languide si proche de l'abandon.

La vieille dame posa sa main sur la mienne.

– Paul, porte-lui les bonbons, dit-elle. Dis-lui que c'est de ma part. Il comprendra qu'il n'est pas seul.

J'ai marché jusqu'à monsieur Bondoufle. Je me suis arrêté devant lui. Il a levé le visage. Je me suis acquitté de mon message. Il a posé la bouteille. Il a tendu la main sans rien dire. Il a refermé sa paume calleuse sur la boîte de toffees. Il a rebaissé la tête jusqu'à n'être plus qu'un béret. Précédé par le merle qui rouscaillait en voletant, j'ai rejoint Tante Girafe. Elle regardait l'oiseau noir qui s'était posé devant elle.

– Assez pour aujourd'hui, dit-elle. Rentre-moi, j'ai de quoi réfléchir.

Le lendemain, à l'heure habituelle de ma visite, Tante Girafe n'était pas de vigie dans l'entrée des Glycines. J'allai jusqu'à sa chambre. Ayant frappé, j'attendis.

– Entrez, dit-elle au bout d'un long moment et j'entendis un bruit de faïence brisée.

– Entrez, répéta-t-elle d'une voix si haut perchée et si maniérée que je ne la reconnus pas.

– Ah... C'est toi ? soupira-t-elle en me voyant franchir le seuil.

Outrageusement maquillée, elle était incapable de dissimuler sa déception.

– Tu attends une visite ?

Elle préféra ne pas répondre. Elle porta la main à sa gaine et essaya de ramasser les éclats d'un vase de Chine qu'elle avait fait tomber dans sa précipitation. Je me baissai pour l'aider.

– Comment va monsieur Bondoufle ? chuchotai-je en me relevant.

Je l'embrassai comme à l'habitude. Elle présenta son front. J'y respirai la poudre de riz et l'eau de mélisse. Aujourd'hui, le nœud était vert.

– Il se retient toujours, dit sombrement ma tante. *Ils* lui ont donné toutes sortes de diurétiques. Mais *Nous* tiendrons bon.

Je la considérai avec surprise.

– Je me suis solidarisée avec lui depuis ce matin, revendiqua-t-elle fièrement. Finis le thé de cinq ans et les queues de cerises. Plus de pipis au lit, voilà tout.

– Tante Girafe ! Où cela te mènera-t-il ? Pense à ton diabète.

– Pense à mon avenir. Pense à la tristesse des pas sur le gravier. J'ai décidé de me fiancer à monsieur Bondoufle.

Elle avait un air de jeunesse infernale dans les yeux.

– Tu lui as parlé ?

– Figure-toi que je suis la *seule* personne à qui Urbain adresse la parole depuis hier soir, dit la vieille dame en rougissant. Et je suis tout à lui.

– Que veux-tu dire *exactement,* Tante Girafe ?

Elle n'aimait pas que je la gronde. Elle a baissé la tête. Elle a joué avec l'ourlet de sa robe.

– Je ne me masturbe plus depuis qu'il est là, avoua-t-elle en me défiant du regard. Et ne prends pas l'air aussi choqué que cet imbécile de médecin pour vieillards quand je l'ai supplié de ne pas m'attacher les mains pour la nuit. Nous avons tous droit à une part de bonheur, il me semble.

J'ai caressé sa vieille jolie tête.

– Parle-moi de monsieur Bondoufle, Tante Girafe.

Elle a minaudé sur place.

– C'est un homme exceptionnel. Quand il ne sera plus obligé de se retenir, ni moi par solidarité d'amour, nous nous aiderons à prendre un dernier plaisir. Nous l'avons décidé ensemble. Nous en avons ri dans la salle à manger ce matin, et tout le monde nous a regardés. Mais notre tendresse l'un pour l'autre était si forte que nous ne sentions pas la bassesse des autres. C'est eux qui étaient seuls. Monsieur Bondoufle m'a pris la main. Et c'est devenu notre force en un clin d'œil.

Toute pivoine, Tante Girafe s'est tue. Elle avait le souffle aussi court que si elle venait de grimper un escalier. Elle a regardé ses ongles en soupirant.

– Tu veux en savoir plus sur la colère de monsieur Bondoufle après la terre entière? a-t-elle demandé soudain.

Je lui ai proposé une chaise.

– Oui, j'aimerais bien.

– Très bien. Connais-tu seulement les collines d'Irancy?

L'ai-je assez dit? Bonne Girafe perd la boule ces temps-ci. Le berceau de la famille est icaunais. Il y avait chez mes parents à Auxerre une admirable toile datée 1937 et peinte par Caillaud. Elle représentait cette zone de cultures fruitières qui domine la vallée de l'Yonne au sud de la ville. J'ai essayé de rafraîchir la mémoire de la vieille dame :

– Ce tableau, c'est toi-même qui l'avais offert à ma mère...

Elle a paru réfléchir. Le menton bégu, elle a subitement retrouvé la vision de sa sœur aînée.

– Ah!... La maison d'Auxerre! s'est-elle émerveillée. Ton père qui était si bon médecin...

– ... Et nous allions à Irancy les dimanches, souviens-toi!

– Tu crois?

Elle n'était plus sûre de rien.

– Nous allions manger des cerises.

– Non. Du raisin, dit-elle avec outrance. Tu oublies qu'il y a aussi des vignes, mécréant!

Elle me regarda avec sévérité, exigeant par télépathie que nous quittions ce passé douteux où elle n'avait plus d'attaches, pour retrouver le présent qui la ravivait autrement.

– Je veux que nous parlions de ce qui m'intéresse, dit-elle. Si je te parle des collines d'Irancy, c'est parce que monsieur Bondoufle a dévoué toute sa vie au vin de cette région.

Elle prit l'air plus important encore.

– Je ne sais pas si tu as jamais goûté le rouge de la côte de Palotte? C'est un cru vif comme un danseur, et c'est précisément de lui que s'occupait monsieur Bondoufle.

– Il était vigneron?

– Mieux! Il était caviste. Il goûtait. Il pipait. Il étiquetait. Il comparait... Cet homme-là a cacheté plus de flacons que tu ne regarderas de femmes.

Tante Girafe s'animait à mesure. La transparence de son teint était menacée par le sinueux courroux de veines bleues qui s'enflaient à fleur de peau de ses tempes. Elle m'a crocheté le bras avec force. Elle m'a forcé à m'asseoir auprès d'elle.

– Urbain Bondoufle a perdu le goût de la vie le jour où son patron a vendu la terre. Les neveux sont devenus les nouveaux propriétaires. Ils n'ont plus voulu de leur oncle entre les pattes. Ces jeunes parvenus! Ils ont dit qu'il avait la chinagre. Que ses mains étaient foutues par le travail. Ils l'ont renvoyé! Comme on réforme une charrue! C'était il y a quinze ans. Ils lui ont laissé la maison où il a toujours vécu. Et encore, vilains porcs! Maintenant qu'ils veulent la lui reprendre, ils l'ont jeté à l'hospice!

Elle n'en pouvait plus. Bien longtemps après qu'elle se fut tue, elle a gardé une tonalité sombre dans le fond des yeux. Puis, peu à peu, les prunelles se sont éclaircies. Elles regardaient le ciel au travers des rideaux. Une candeur s'y installait. Le menton de Tante Girafe, livré à lui-même, s'est effacé lentement vers l'arrière, trahi par l'absence de dents. Son allant avait fait place à une vacuité douçâtre qui rabotait l'inquiétude de son visage, tandis qu'à son insu, s'agrandissaient démesurément ses pupilles, embuées d'un glacis d'hébétude.

Le balancier régulier d'une pendule ajoutait à l'hypnose. Il faisait chaud et monotone, une moiteur fade, en tout point comparable à celle d'une serre. Les vieillards et la terre des orchidées sentent le même jardin de la mort.

A l'improviste, elle a disjoncté. Ses yeux ont accommodé sur moi.

– Ce tableau par Caillaud, où est-il passé? demanda-t-elle.

– Il est chez moi, Girafe. Mère me l'a légué à sa mort.

– Je veux que tu me rapportes ce tableau immédiatement, exigea-t-elle. Je le veux. Je le veux. Il me revient de droit.

J'étais en train de lui sourire quand on a frappé à la porte.

– Mon Dieu! sursauta-t-elle en portant la main à son cœur.

C'était comme un élan de jeunesse. L'émoi la transfusait de couleurs nouvelles. Balayée sa fatigue! Tante Girafe, tout à la fois, tira sur ses bas blancs pour les tendre, assura ses pieds dans des chaussures à boucles déformés par les cors et moulina un geste impératif m'enjoignant de disparaître au plus vite.

Elle tint à ouvrir la porte elle-même, et, quand Urbain Bondoufle fit un pas en avant, vite, elle s'effaça de peur qu'il n'entrât pas commodément.

Les poings en ceps de vigne de l'homme tenaient chacun deux bouteilles de vin de Bourgogne. En m'apercevant, il prit l'air gêné.

– Bonjour, dit-il le premier.

Ses yeux bleus tenaient du prodige. Ils étaient le ciel pur. Sa bouche, bien dessinée sous la moustache, ourlait une face à mille plis, sculptés par l'application au travail.

Il a souri à Tante Girafe :

– Je peux vous laisser ça là? a-t-il demandé en montrant ses flacons.

Et je suis parti, par discrétion.

Trois jours ont passé avant que je ne revienne.

Tante Girafe était devant la porte des Glycines. Elle m'attendait en se tordant les bras. Son cou était serré dans une guimpe noire. Tout son corps jeté sur le devant était un cortège de deuil.

– Urbain est mort, dit-elle brièvement. Un coup de revolver dans sa bouche.

– Maintenant, nous glissions sur le gravier des allées. Les tilleuls présentaient le sabre. Une fois le perron franchi, Tante Girafe a caracolé dans le hall de toute sa hauteur. Elle en a profité pour ne pas prêter garde à ses congénères qui la suivaient du regard. Nous avons patiné le long du couloir encaustiqué. Elle a ouvert la porte de sa chambre.

– Il n'a pas supporté la pensée qu'on allait reprendre sa maison et forcer sa cave, a-t-elle dit.

Elle m'a attiré vers elle. Elle n'avait pas très bonne haleine. Elle n'avait pas l'air triste. Ses yeux n'avaient pas pleuré. Simplement, elle avait pris un teint tellement translucide que je la sentais vraiment cassante.

Elle a rapidement jeté ses dernières forces dans la célébration de son dernier amour.

– J'ai été très heureuse, dit-elle. Je l'ai été pendant trois jours. A mon âge, c'est beaucoup de chance. Il faut aller très vite. Chaque battement de cœur compte. Hier, Urbain m'a embrassée sur la bouche. S'il avait vécu, je te l'ai dit, je comptais bien avoir des rapports.

Sur le point de pleurer, elle a miraculeusement prêté attention à un oiseau qui sifflait à tue-tête dans le parc.

– Le merle, a dit Tante Girafe et ses yeux se sont agrandis vers le vague.

SIGNÉ BONDOUFLE

Une rumeur chaude, bruissante d'insectes, s'infiltrait par la fenêtre entrouverte.

Elle a éteint un sourire coincé et m'a tendu une lettre. Mon nom était inscrit sur l'enveloppe. D'une écriture large et scolaire, Urbain Bondoufle s'adressait à moi. Il avait utilisé une feuille de cahier et définissait ainsi ses dernières volontés :

> « Auriez-vous l'amabilité de charger les bouteilles qu'on va vous remettre dans votre voiture ? Pourriez-vous les porter dans la cave de monsieur Bondoufle Urbain. J'ai marqué sur ce papier l'endroit où IL habite. C'est à Irancy. Au centre du village, en face de l'église, on ne peut pas se tromper. Une vieille maison avec des caves voûtées. C'est là qu'IL veut qu'elles soient enterrées. Avec les autres bouteilles de son urine. Quinze ans de sa vie. 32 850 bouteilles sorties chaudes de la vigne de son corps. Étiquetées. Millésimées. Bouchées.
>
> Jugez-moi comme il vous plaît, mais qui vit sans folie n'est pas si sage qu'il croit.
>
> Signé Bondoufle. »

Tante Girafe est allée jusqu'au tiroir de sa commode Louis XVI. Dix-huit bouteilles y étaient couchées, soigneusement bouchées. Elles étaient toutes emplies d'un liquide jaune d'or qui pouvait parfaitement passer pour du vin blanc.

Voyant mon étonnement, Tante Girafe a retrouvé pour un temps une expression espiègle.

– Nous avons seulement fait semblant de nous

retenir, dit-elle. C'était mon idée. Voilà trois jours que nous faisions pipi dans des bouteilles. C'était un jeu d'amour, a ajouté la vieille dame en essuyant une larme. Un jeu d'amour comme il n'en arrivera jamais plus, a hoqueté Girafe. C'est ce qu'aurait dû comprendre le médecin en nous surprenant hier dans ma chambre.

– Qu'a-t-il fait ?

– Il a tué Urbain, dit sérieusement ma tante. Il lui a confisqué sa bouchonneuse.

Le voyage immobile
(de Kléber Bourguignault)

A Christiane Baroche

Ce matin-là, comme n'importe quel autre, en levant le rideau de son négoce de photographe, Kléber Bourguignault se dit qu'il aimait sa femme.

C'était une sensation paisible comme le fleuve Loire. Une tendresse alluvionnaire et nullement convulsive. Le résultat d'un calme ensablement qui remontait à la jeunesse, c'est-à-dire quarante ans plus tôt, lorsque la future madame Bourguignault, née Crapoulet Lucienne, avait franchi le seuil de la boutique, 6 rue des Pitoches, à Blois.

En robe d'été, la silhouette agréablement galbée par une gaine Charmereine, Lucienne avait vingt ans.

A la poursuite d'une cerise, un chardonneret à miroirs jaunes semblait vouloir faire le tour de son bibi en paille d'Italie. Elle était coquette sans afféterie. Les yeux doux. Un teint plutôt lys. Une bouche bien dessinée.

Ses dents nacrèrent un sourire de lumière dans le contre-jour où elle se tenait.

– Je viens d'Asnières, dit-elle, pour peindre la Montagne.

Joignant un geste plein d'assurance à ces paroles sibyllines, elle ouvrit devant Kléber un album plutôt grand, qu'elle posa sur ses propres genoux. Le jeune photographe avait vingt-cinq ans. Il s'approcha.

– Feuilletez vous-même, dit-elle.

Elle sentait la violette double.

Deux pages plus loin, la jeune femme s'exclama :

– Tenez! Justement!... Voilà « La Montagne »!

Leurs yeux se croisèrent. L'air était étouffant. Un après-midi d'août, avec des promesses d'orage.

Sur fond de papier peint à fleurs, Kléber soupira.

« La Montagne à Gavarnie » constituait avec quelques autres toiles représentant des paysages, le fleuron d'un catalogue édité sur pur fil par les établissements Chalandon & Boursoufle. Cet ouvrage de référence répertoriait des fournitures en tout genre destinées aux photographes professionnels. Outre un choix important de colonnes doriques, de vasques et de balustrades en stuc propres à faire poser les communiants, les jeunes mariés, ou les belles-mères, il proposait une série de décors interchangeables. Ces ruines, escarpements, sites exotiques ou contrées lointaines constituaient toute une gamme de somptueux chromos dont le pathos exemplaire avait vocation de fournir l'indispensable support coloré à des clichés réalisés en studio et bien dans le goût des familles françaises.

En acceptant de tourner plus loin les pages de l'album, Kléber tomba victime des couchers de soleil.

– Quelle merveille! Quelle paix! s'exclama-t-il malgré lui en fixant un « Angélus sur la Beauce ».

– N'est-ce pas ? l'encouragea Lucienne. Cet homme et cette femme qui prient à l'unisson en disent long sur le pouvoir des forces telluriques...

Il la regarda. On était en 1929. A cette époque-là, on n'avait pas peur des mots.

Ils passèrent sans s'arrêter sur « Tempête à Ouessant », sur « Promenade au Sahara », et sur « Croisière en mer Baltique ». Leurs doigts se touchèrent à la page de la « Mer de glace ». « C'est, disait la légende au bas de l'image en question, dans ces conditions de laboratoire que l'artiste photographe, pleinement maître de sa lumière, peut le mieux sculpter le visage et les attitudes des groupes venus poser dans les grandes occasions de la vie. »

– C'est devant ces tableaux alpestres que la bourgeoisie des plaines se retrouve le mieux, compléta la mandataire de Chalandon & Boursoufle. Elle y trouve à bon compte un cadre aventureux et digne de ses ambitions immobiles.

– C'est un fait qu'on voyage peu à Blois, reconnut Kléber. A peine cycle-t-on le dimanche, les plus hardis en tandem, suivant les bords de la Loire.

Sa voix lui parut blanche. Filet. Goutte. Inexistence. Il transpirait mal dans son col celluloïd.

Rosissant à point, il redressa le visage. La jeune fille le dévisageait de ses yeux noisette.

– Vous avez un tandem ? s'intéressa-t-elle.

Puis, reprenant aussitôt le fil de son argumentaire, elle battit des paupières et dit modestement :

– J'exécute moi-même ces peintures vivantes. Sur simple commande de votre part.

Dehors, le temps s'épaississait à vue d'œil. Une nuée

sombre et humide recouvrait peu à peu les toitures. Précédée d'un vent de pluie, jardin après jardin, elle gagnait. Déjà, en chahutant la cime des peupliers, elle installait la certitude angoissante que l'orage allait être d'une violence extrême.

L'image d'un avion modèle réduit ballotté par le ciel s'imposa à l'imagination de Bourguignault. Il se revoyait à quatorze ans, remontant avec l'index l'hélice d'un aéroplane en balsa propulsé par un élastique. Au creux de ses avant-bras, ses nerfs, aujourd'hui, étaient comme une torsade de caoutchouc. Prêts à libérer une force insoupçonnable. C'était, c'était comme si le cours de son existence future dépendait de ces quelques instants de tête à tête avec la jeune fille inconnue.

– Tout ce que vous aurez à faire, c'est d'acheter quelques accessoires, l'encouragea la voix flûtée de Lucienne. Vous verrez le réalisme qu'apportent à peu de frais un piolet par-çi, un fusil de chasse posé à la saignée d'un bras, un casque colonial par-là, ou un ours empaillé...

– J'accepte! capitula nerveusement Kléber. Pouvez-vous me livrer trois de ces admirables sujets?

– Il vous en coûtera cent vingt-quatre francs par article, s'enflamma la jeune fille.

Elle sortit son carnet de commande de son réticule, et, ce jour-là, la foudre tomba à trois reprises sur la cathédrale Saint-Roch.

Avec brosses et couleurs broyées à l'huile, la jeune élève des Arts Décoratifs de Paris fit merveille. En moins de cinq matinées (l'après-midi étant réservée au tandem), elle exécuta une « Tempête à Ouessant » et une « Promenade à Tamanrasset » en tout point conformes aux modèles du catalogue.

– Vous avez une patte! s'exclamait Bourguignault. Et quelle vastitude!

Le réalisme de la frange des vagues le disputait en effet à celui des grains de sable. L'oasis et la mer – c'en était fait du photographe. Il aimait Crapoulet. Il l'appela Lucienne.

Un matin, il prit sa menotte dans la sienne. Elle sentait la térébenthine. Une tache de brun Van Dyck qu'elle s'était faite à deux doigts de l'aile du nez, sorte de mouche de coquetterie, ajoutait un je ne sais quoi de trouble à son visage enfantin.

Il lui sourit.

Du lundi au mercredi suivant, elle ajouta cette « Corne d'or » qui figure encore aujourd'hui dans l'arrière-boutique. Un chromo si parfaitement chatoyant, avec un ciel dans les Ziem, qu'il mettait le Bosphore à la portée de toutes les bourses. C'est devant cette œuvre hérissée de minarets que Kléber commit l'irréparable. Je veux dire son premier cliché de Lucienne.

Il la fit asseoir sur le fauteuil du salon – ce Voltaire maintenant si solidement cloué au sol du studio – et la portraitisa. Ouverture 5,6 au 25e de seconde.

Dès le lendemain, en tirant l'épreuve sur papier Vérichrome, il eut sa grande inspiration. Celle qui allait le rendre célèbre. A genoux devant elle, les pommettes fiévreuses, il s'ouvrit de son ambitieux projet. S'il exécutait tous les jours de la vie de Lucienne un portrait d'elle, si elle prenait la même pose, devant le même décor éternel, à raison de trois cent soixante-cinq clichés par an pendant toute sa vie, et jusqu'à l'heure de sa mort, lui, Kléber, en filmant par la suite ces milliers de clichés, obtiendrait le plus bouleversant document du monde. Un film unique en son genre. Une bande qui, à raison de vingt-quatre clichés par seconde, traduirait le passage lisse et continu de la jeunesse éclatante d'une femme à celui de son mûrissement épanoui. Et plus tard, pourvu que l'expérience se poursuivît sans relâche, apparaîtrait sur le visage du modèle les stigmates avant-coureurs de la vieillesse. Quelle émotion! Quelle étrange sensation, n'est-ce pas, de voir en raccourci le temps faire son usure! De présager le galop annonciateur du trépas!

Lucienne le dévisagea sous un jour nouveau.

– Tu me photographierais jusqu'à ma mort? (Ils se tutoyaient depuis la veille.)

– Jusqu'à la mort, mon amour!

– Mais... dit-elle avec une bizarre concentration dans le regard, pour cela, il faudrait que tu vives... à côté de moi.

– Avec toi, mon amour! Avec toi! Je t'épouse!

– Mais... dit-elle encore, pour que ce projet se réalise, il faudrait être sûr que tu vives au moins aussi longtemps que moi...

– Nous prendrons soin l'un de l'autre plus que n'importe qui! s'enthousiasma Kléber. Nous ne nous quitterons jamais!

Assurée que son futur mari resterait fidèle et économe, Lucienne épousa Bourguignault.

Quand ce fut fait - maire et curé - elle entreprit une dernière fois le voyage d'Asnières. Elle donna son congé à Chalandon en présence de Boursoufle et visita ses parents afin de leur dire adieu. Puis, liés l'un à l'autre par ce pacte qui leur fixait désormais un rendez-vous quotidien devant Constantinople, Lucienne et Kléber s'attelèrent à la vie.

Ils réussirent assez bien dans leur partie. Et même, la jeune mariée devint rapidement une auxiliaire précieuse. Tireuse et retoucheuse admirable, elle donnait comme personne l'expression et la couleur qui convenaient aux photos les plus rebutantes.

Bonne cuisinière, ménagère à ses heures, elle accomplissait ses devoirs conjugaux avec une inspiration sans cesse renouvelée. C'était merveille de la voir s'ingénier. Et quel vice, caché derrière la vertu! A croire qu'elle lisait des polissonneries en cachette tant elle excellait dans l'inattendu. N'ajouta-t-elle pas, rien que pour le cours de l'année 1934, trois nouvelles postures amoureuses à la panoplie répétitive de son époux? Trois chefs-d'œuvre de dissymétries gestuelles, avec vasoconstriction par frottis et suçions, qui éclipsèrent pour longtemps les paresses sans péripéties de la posture dite du missionnaire, ordinairement pratiquée en Touraine.

Bref, de la pirouette d'amour colibri aux satisfactions strictement professionnelles, les Bourguignault de la rue des Pitoches étaient heureux jusqu'au bout des ongles.

Pour ce qui concernait le cours de leur aventure personnelle, dès 1930, Kléber instaura la pratique de deux clichés quotidiens. A huit heures du matin et à huit heures du soir, pomponnée recta, toujours vêtue de la même manière, le chignon fait, Lucienne s'asseyait dans le grand fauteuil Voltaire. Elle avait acquis une telle force dans l'habitude de sa pose, qu'elle prenait ses marques avec exactitude.

En face d'elle, cadré en légère plongée, se trouvait à demeure l'œil bleuté d'un objectif à baïonnette, vissé sur une chambre grand format. Cet appareil à soufflet était assujetti une fois pour toutes à un trépied excessivement stable. La rotule en avait été bloquée selon des repères gravés dans le métal. L'éclairage, toujours le même, était mesuré avant chaque séance, de façon à ce que nulle saute d'exposition ne vienne jamais altérer la pureté pendulaire de l'expérience en cours. Seul, le modèle avait droit à une part de versalité. encore s'agissait-il d'une mouvance inconsciente. L'écume des jours, en quelque sorte.

Parfois, l'absence de sommeil, un bouton de contrariété, une mauvaise digestion, le flux menstruel ou, au contraire, un léger hâle dû au changement des saisons, nuançaient fugitivement le visage de Lucienne. Un cerne, une pâleur, une ride d'expression altéraient sa pureté le temps de huit ou dix photos et puis disparaissaient. Dix photos! A peine une demi-seconde de projection! Une ombre. Un rien. Une sensation diffuse.

Pour le reste, pour ce qui était contrôlable, modèle et photographe avaient opté pour une expression de bonheur paisible. Lucienne avait droit à un sourire imperceptible. Une sorte de flottement à la commissure des lèvres, très proche de celui de Mona Lisa si l'on veut, et cependant un peu plus lumineux. Avec une pointe d'enjouement supplémentaire. C'est ça. L'humour en plus.

La difficulté véritable de leur gageure leur apparut

pour la première fois cette fameuse année de la grippe espagnole. Lucienne attrapa d'abord ce qu'ils prirent pour un influenza. Un rhume à répétition qui lui rougit le nez. Par la suite, son teint se gâta. Elle fut secouée par la fièvre. Ses yeux se mirent à briller d'un éclat maladif. Elle cessa de s'alimenter et dut s'aliter pour finir.

Kléber, effrayé par le verdict du médecin qui trouvait sa respiration sifflante, était prêt à suspendre les séances de pose. Mais, bravement, tout le temps que durèrent ces quintes spasmodiques, elle ne laissa point passer de jour, ne sauta point de rendez-vous devant l'objectif. Elle se traînait crânement de son lit au fauteuil, chignon fait et retour, forçant l'admiration de son conjoint.

Une seule fois, un jour de désespoir et d'abandon, la malade tourna son visage amaigri vers Kléber.

– Qu'arrivera-t-il, souffla-t-elle, si l'un d'entre nous doit mourir avant l'autre?

En proie à une mobilité tragique, ses yeux agrandis par la fièvre guettaient la réponse.

– Fichaises! lui promit Kléber. Nous vieillirons ensemble, mon amour! Rien ne nous séparera.

De fait, Lucienne reprit du rubicon. Ses poumons se séchèrent. Ses prunelles retrouvèrent des douceurs de velours. Ses seins rebondirent, ses reins se cambrèrent d'une force nouvelle et, dans l'élan de ses appétits retrouvés, la coquine, en goinfrant tout, trouva sa plénitude.

A trente et un ans, madame Lucienne Bourguignault découvrit le plat en sauce, l'entremet Franco-Russe et le chocolat suisse. Elle acquit de la sorte une croupe

Majestic. Ce n'était pas pour déplaire à son mari. Cette mutation pléthorique du modèle allait dans le sens de son expérience. En changeant de corps, Lucienne accédait à une grâce nouvelle. A une autorité pleine d'allure. Sa nuque en s'épaississant, son décolleté en s'arrondissant, sa carnation en s'empourprant, apportaient un piment supplémentaire au passionnant film qui était en cours. Au diable la pâleur languide et monotone! Les Bourguignault achetèrent une 402, voiture Peugeot, décapotable.

Là-dessus, la guerre éclata.

Kléber Bourguignault reçut sa feuille de route juste après le cliché du matin. Comme à l'accoutumée, Lucienne avait parfaitement réussi son sourire. Il était 8 h 15. C'était un vendredi. Jour de marché. On avait sonné dans la boutique. Kléber s'en fut répondre.

Une sacoche... Des leggins. Un pantalon gancé tendu vers l'arrière. Un gendarme à deux sardines reluquait les 6 × 6 de chez Volklander.

– Tout de même ces chleuhs, raisonna-t-il sans se retourner, ils sont drôlement forts en optique! Pareil pour leurs jumelles, c'est fou ce qu'elles rapprochent!

Une main sur les reins, le fonctionnaire se redressa dans un bruit de cuir.

– Bourguignault Kléber-André-Marie? s'enquit-il aussitôt en faisant glisser circulairement sa gibecière sur le devant.

– C'est moi, reconnut le photographe. Vous avez un pli?

– Voui. Et vous êtes un petit verni, fit remarquer le brigadier en lui tendant une carte postale taillée dans du mauvais papier.

Kléber pâlit.

il était écrit dessus, à la plume sergent major pour remplir les blancs, que le colonel Durafour, commandant la 8e Région militaire l'invitait à rejoindre son corps. Son corps à Toul. 4e Biffe. Dans les plus brefs délais.

– Verni! se lamenta Kléber.

– Parfaitement, dit le gendarme. Ceux qui partent les premiers iront sur la ligne Maginot. Ils auront les pieds au sec. Et au moins, vous êtes sûr d'avoir un fusil.

Si ayant parlé, le pandore salua, pivota et partit.

Trois enjambées plus tard, Kléber fit irruption dans le studio. Devant le Bosphore, sa femme défaisait son chignon.

– C'est la guerre, chevrota le photographe.

– Fiche-nous la paix, dit Lucienne. Tu ne partiras pas.

Il partit. Bel et bien.

C'était juste après la photo du soir. Ayant salué ses voisins, la tête haute, la valise de carton au bout du bras, et un cache-col dans sa poche, il partit.

Lucienne, sa presque veuve, pleurait en agitant un mouchoir de circonstance. Belle comme une Niçoise sur le calendrier des Postes, elle se tenait sur le pas de la porte, devant la boutique, 6 rue des Pitoches, offrant au quartier, l'image allégorique qu'on escomptait d'elle.

Au milieu de la nuit, elle entrouvrit le portillon qui donnait sur ruelle, derrière la maison. Une ombre grise filocha. C'était Kléber qui revenait de guerre.

Avec ses deux photos par jour, il avait mieux à faire

que bouter l'Allemand hors de France. Et puis quoi? Le cœur n'y était pas. Fût-elle nationale, on n'abandonne pas le bonheur pour l'aventure.

Selon un plan établi par Lucienne, il se cacha donc dans la cave. Entre deux rangs de Gamay et un fût de vin d'Amboise, elle lui avait dressé son lit. C'est là qu'il resta tout le temps que dura la drôle de guerre. Et même un peu après.

Aux voisins, Lucienne disait des contes. Que Kléber se portait bien, merci. Qu'il était, le pauvre tringlot, du côté de Bitche, arrondissement de Sarreguemines. Une grande forêt wagnérienne, avec des brouillards d'opéra. Les mains crispées sur le Lebel, les yeux fixés sur la ligne, à entendre Lucienne, le sort des fantassins était peu enviable. L'onglée et la morve sous des bombardements incessants. Un homme aussi délicat que son Kléber, on imaginait. Ou bien, elle décrivait sa conduite héroïque, inventant des faits d'armes, faisant reluire son courage, astiquant sa renommée comme une ménagère sa douille d'obus de la Quatorze, posée sur une cheminée. Au hasard de ses courses – chez le boucher, à la boulangerie – les anciens combattants se découvraient devant elle. Bérets bas, les rescapés d'ypérite. Médailles pendantes, on lui portait ses paniers.

Restait le gendarme. Il revint par trois fois. Il la pressait de questions. Elle finit par l'appeler Alphonse, pour arrondir les angles. Elle jura ses grands dieux que son mari était parti pour Toul comme le lui avait enjoint sa feuille de route. Avec des intonations dans l'aigu, elle assura que depuis le début des hostilités, elle était sans nouvelles.

Mais il la turlura.

– Les voisins disent qu'il t'écrit. Tu mens! s'écria le pandore.

Ses yeux, petits d'habitude, fulminèrent et coton. Cet homme-là était capable comme pas un de darder par-dessus la moustache. Il était avantageux sous l'uniforme. Une autorité qui prestigeait dur sur la pauvrette.

D'un geste de cuir, il baudria du ventre. Elle se tordit les bras de douleur. Elle était belle dans l'outrance. Ses yeux. Ses grands yeux.

Alors, il la turlura d'avantage :

– Ton mari est un déserteur, diagnostiqua-t-il. On le passera par le falot!

On ne l'y passa pas. Mais Alphonse enjamba Lucienne.

C'était un soir de lune. Un soir patriotique en somme. Une heure à peine avant la photo de vingt heures. Faut-il souligner le mérite, le sang-froid extraordinaire de Lucienne, qui sut écourter d'un coup de rein somptueux les transports du militaire? Il tomba du lit. Elle prétexta une migraine.

– Je reviendrai, promit le gendarme.

– A l'occasion, admit Lucienne.

Quand elle le jeta dehors avec son baudrier, il était moins cinq à la pendule. Vite, elle se lava les mains et retapa l'essentiel. Dieu! Il était temps! C'est vrai, ai-je dit assez que deux fois par jour, à l'heure exacte, malgré les circonstances qui le tenaient enfermé, le reclus de la rue des Pitoches soulevait la trappe de sa geôle voûtée et retrouvait sa femme pour lui tirer la bobinette?

5,6 comme avant-guerre. Au 25e de seconde. Recta.

– On a eu chaud, dit Lucienne. Le gendarme Barentin est revenu.

– Tu connais son nom? s'étonna le mari.

– Houi, soupira l'épouse. C'est un Javert, en plus corrompu.

Puis, oubliant l'adultère qu'elle avait perpétré par un pur esprit de sacrifice, cette femme admirable prit place devant les minarets.

Ce soir-là, comme tous les autres soirs de la vie des Bourguignault, le Bosphore resplendissait de reflets d'or.

Un calme indicible s'installa dans le studio, accord majeur entre les êtres.

Kléber mesura la lumière. Et Lucienne sourit. Ni trop, ni pas assez.

Toutefois, – était-ce la force de l'habitude? – au travers du dépoli, Bourguignault eut la vague impression que quelque chose d'imperceptible et de malsain s'était glissé dans les plis du quotidien. Ah mais! Qu'était-ce au juste? Une escarbille invisible? Un peu de buée sur l'objectif? Le poêle qui fumait? Ou alors cette langueur? Hein? Qu'est-ce qui?...

– Est-ce que tu ne regardes pas dans le vague? se risqua le photographe en suspendant sa visée.

– Non pas, mon ami, se reprit l'odalisque. Vois, j'accommode.

Il visa. Elle sourit. Dehors, c'était l'hiver.

Alphonse Barentin ne reparut jamais. Les choses allaient si vite! Le front avait été enfoncé sur toute sa longueur. La Maginot, contournée. L'armée française perdait ses moletières en Champagne. Ça déroutait dans les états-majors. Les civils débandaient. Les autorités s'affolaient. Les Anglais rembarquaient. On se battait pour franchir les ponts de la Loire. C'était à qui courrait le plus vite vers l'arrière.

Le gendarme lui-même, au terme d'un exode vélocipédique des plus éprouvants, errait sans képi du côté de Villeneuve-sur-Lot. Et les Allemands, poussant devant eux bétail et fuyards de tout poil, submergeaient la terre de France du grondement des panzers.

Blitzkrieg! On signa l'armistice.

Frileux comme des enfants recroquevillés dans les plis d'un drapeau fraîchement abandonné, les patriotes cherchaient un père. A l'acclame et au soulagement général, un vieux maréchal nouvoila le premier ses services. Outre un fameux toupet, le respect dû à ses feuilles de chêne et une santé féroce, ce Philippe Pétain avait pour lui un profil de timbre-poste. Héros de la Quatorze, par surcroît. Verdun, vision de ce que vous savez. Ce cacochyme-là parlait au nom des morts. C'est dire assez les références. Essayer Pépère, c'était l'adopter. Il fit don de sa personne à la France. Il devint emblématique. On battit monnaie. On nicha à Vichy.

La suite est dans les livres. Une époque avec du crêpe autour des cornes. Un temps d'escargot. Rien n'avançait plus pour le pays. Une lenteur désespérante sous un ciel bas. Plus de beurre avec ça. On se tringlait la ceinture. Question bidoche, on couponnait. Le pain? De la sciure et du son. Et pour marcher, les tatanes en carton, les lacets en papier. A ce train-là, le civisme en prit un pet. On délatait son voisin pour un oui. Pour un rien, la police vous faisait descente. Hop, hop! Les mains en l'air! Que ça valse! Jüden! Terroristes! On vous déculottait. Patte blanche! Étoile jaune! Marché noir! A chacun sa couleur. A chacun sa débrouille. Système D. Bas peints en trompe-l'œil sur les cuisses des élégantes. A l'Orée du Bois, on s'envoyait en l'air avec les Feldwebels. Ausweiss! Kommandantur! Ya, ya, mein Führer! Le françoze moyen, retourné façon IIIe Reich, ne croyait plus qu'à la saumure, à l'ersatz, à l'acier Krupp. C'était le temps des rafles et de la riflette, des mots de passe et du succédané. Où était passé le courage? Où était le chemin? Même les intellectuels gîtaient dans la tourmente. Valsez saucisses! Pierre Blanchar tournait pour la Tobis. Arletty affichait cul international. Là-dessus, Ferdinand ferdina. Drieu à dia. Et Bardèche attigea. Mais, puisqu'on en parle, Travail Famille Patrie, en ces temps de gazogènes, de biscuits caséinés et de doryphores en tous genres, personne, hormis un général factieux, ne trouva le courage de dire tout haut que la francisque, après tout, était une arme à double tranchant.

On arguera que c'était une autre façon de ramasser l'Histoire. Mille fois raison! Tout était en miettes. Le grand Gaulle en prenant tout ce qui restait sous son bonnet deux étoiles n'était peut-être pas du dernier blanc-bleu. Orgueil? Ambition personnelle? Sens mystique de l'Histoire? Il y a toujours du périlleux à l'aube des destins qui poussent vers le Pouvoir. Souvent aussi à leur crépuscule. Mais, pour ce qui est de celui de Pétain, n'anticipons pas... Nous sommes en 1943.

Moyennant un contingent de jeunes gens voués au

travail obligatoire dans les usines d'outre-Rhin, le Vieux négocia le retour des prisonniers. On ouvrit les stalags. Bourguignault en profita pour refaire surface. Hormis les quartiers bombardés, Blois avait peu changé.

On salua le kriegsgefangener avec tous les égards dus à un héros. Il en avait pris toutes les apparences. Au fond de sa cave, il avait trouvé assez d'astuce pour sculpter une canne et pour laisser pousser sa barbe.

Comme il faisait ses premiers pas dans le quartier, les bonnes gens le harcelèrent de questions sur son camp de Poméranie, (c'est là que Lucienne avait imprudemment situé sa captivité) et force fut à Kléber de faire rapidement l'acquisition d'un Atlas géographique. En moins de quarante-huit heures, il fut à même de broder sur les moeurs des paysans de l'Oder qui – comme il ne le savait pas jusqu'alors – est un fleuve et se jette en mer Baltique.

La Résistance, le débarquement, la Libération, les purges qui suivirent, la pénicilline, le bas nylon, la Craven A, la 4 CV Renault, Diên Biên Phu, Suez, l'Algérie, L'OAS, les Beatniks, les Hippies, 68, et même les aller et retour de Charles Grand-Gaulle entre Colombey et Baden-Baden, n'affectèrent en rien le train-train quotidien des habitants de la rue des Pitoches. Après tout, si les Français continuaient à se chercher un père, c'était leur affaire.

Les Bourguignault, eux, se concentraient sur leur bonheur. Bon an mal an, comme d'autres moissonnent le blé, ils récoltaient le sourire de Lucienne. Quoi qu'il se passât à l'extérieur, du début janvier à la Saint-

Sylvestre, on impressionnait régulièrement sept cent trente clichés qui enrichissaient la collection du photographe.

Répertoriés, numérotés, ces portraits en rejoignaient d'autres, eux-mêmes classés chronologiquement dans une série d'albums dont la tranche mentionnait le millésime de leur cueillette. Au bout de quarante de ces recueils, le voyeur-de-sa-femme calcula qu'il possédait vingt-neuf mille deux cents photos, ce qui le mettait – à raison de vingt-quatre images par seconde – à la tête d'un documentaire de dix minutes.

On était en 1969. Kléber avait soixante-cinq ans. Lucienne en avouait soixante. A part un tourbago qui le taquinait les jours de pluie, il se sentait encore bigrement alerte. A part une tendance à l'embonpoint, elle avait conservé son teint de velours.

– Je t'aime, je t'aime, mon amour, répétait inlassablement le photoseur.

Et, selon un rite biquotidien, il embrassait sa femme devant Constantinople.

– Pourvu que cela dure, minaudait Lucienne.

Elle rectifiait son chignon, prenait place, cherchait son maintien. Elle le trouvait en général après quelques oscillations de poupée russe. Ses hanches, son fessier se lovaient tout naturellement au creux du Voltaire sculpté par l'usage – crins et ressorts.

Au travers de sa nouvelle chambre Broncolor à obturateur mécanique, l'artiste visait. 5,6 au 25e. Quarante ans de fidélité au même diaphragme. A la même petite vitesse. La vie coulait, sérieuse comme du lait entier.

A triple menton, Lucienne souriait.

Jusqu'à ce jour imbécile où Lucienne trouva Kléber au bas des escaliers. Cul par-dessus tête, dix-huit marches s'il vous plaît, le photographe avait dévalé n'importe comme, un bras ici, la nuque à l'équerre, une jambe en grand écart, à bout de tonneaux, tout au fond du placard à balais. Du sang lui coulait sur le visage. C'était impressionnant.

– Un étourdissement, ce n'est rien, la rassura le rescapé.

Mais au plus secret de lui-même, il savait qu'il était perdu.

Depuis bientôt deux mois, sournoisement d'abord, ouvertement ensuite, il avait ressenti les coups de poignard d'un mal carnivore. Une bête sans contours. Passion, pas. Juste la méchanceté de faire mourir. C'était fait, intime conviction, la salope était là. Laide comme une serpillière, elle lui décapait les intérieurs.

Secrètement, il s'en fut consulter. On le fit revenir plusieurs fois. Des liens s'établirent entre cet homme énergique et ses médecins. Ils étaient des types sans préjugés. Colletés à la vacherie. Écopant jour après nuit. Parcourant le naufrage des hommes comme unique océan. Ils marchaient dans le blanc, les traits tirés par la fatigue.

Il les coinça un jeudi, au bout d'un long couloir, une porte battait. C'était devant leur cantine. Crudités. Steak grillé. Yaourt nature. Et deux mandarines.

– Dites-moi tout, exigea-t-il du chirurgien. Les examens ?

– Le pancréas est pris. Des métastases se développent à hauteur du côlon. Le sigmoïde ne vaut guère mieux. Si je vous opère, nous avons une chance de retarder le mal.

– Pas question d'opérer, dit Kléber.

– Comme ça, vous en avez pour trois mois, dit le carabin.

Il avait les yeux bleu Californie au-dessus de son masque qu'il n'avait pas retiré.

– Je suis condamné ?

L'autre attendit avant de répondre.

– Vous savez, finit-il par dire, les bourreaux aussi sont des hommes. Nous y passerons tous. Regardez-moi. Je tripote la merde et l'abjection à longueur d'année, et pourtant je bouffe des carottes râpées. Vous avez une explication à ça ?

– Oui, dit Kléber. Les carottes permettent de voir le bout de la nuit. Question de dignité.

Tandis qu'il rentrait chez lui à petits pas, le malade passa devant une pharmacie. Il ne la remarqua pas particulièrement. Mais, indubitablement, il avait enregistré à son insu l'image de cette officine. La preuve en est que, lorsque Lucienne, qui le guettait sur le pas de la porte, l'entreprit sur le sujet de sa santé, il eut une vision colorée. Il revit clairement la devanture surmontée d'une croix verte.

– Il faut faire plus attention à toi, le gronda sa conjointe.

– Oui, fit-il distraitement.

– Ces temps-ci, tu as l'air fatigué.

– Oui, fit-il distraitement.

– Et puis, tu n'as pas le droit de mourir, plaisanta-t-elle en relevant sa mèche de vieux petit garçon.

– Oui, fit-il distraitement.

– Rappelle-toi. Tu l'as promis, insista-t-elle. Sans toi, qui prendrait des photos de « bibi » ? Hi ?

– Hi, fit-il distraitement.

Il lui sourit machinalement. Pourquoi diable visualisait-il les rayonnages de l'allopathe de la place Saint-Roch avec tant d'acuité ? Hein ? Kléber n'entendait plus son épouse. Il était ailleurs par la pensée. Évaporé. Absent. Parti. Terriblement concentré. Qu'est-ce qu'elle disait ?

– Qu'est-ce que tu dis ?

– Si de nous deux quelqu'un doit mourir, c'est à moi de partir la première, soupira Lucienne.

Alors, soudain, il accommoda sur elle. Elle prit l'air effrayé.

Et Bourguignault vit tout son plan.

Ce matin-là, comme n'importe quel autre, en levant le rideau de son négoce de photographe, Kléber aimait sa femme.

Même si jour après jour, il l'assassinait à la strychnine, il l'aimait. C'était une sensation paisible comme le fleuve Loire, et, malgré l'horreur que lui inspirait son geste, il n'avait aucun doute sur la justesse de ce qu'il accomplissait.

Lucienne s'affaiblissait doucement. Calmement. Semaine après semaine, elle perdait ses forces. Elle n'était plus étanche. Une langueur. Un effritement intime. Sa complexion qui se fanait. Une sorte de paresse insidieuse qui la cadenassait sur son lit.

Il entra dans leur chambre en portant le plateau du petit déjeuner. Ce mardi-là, il lui trouva un teint à faire peur. Des cernes sous les yeux.

– Bientôt huit heures, dit aimablement Kléber.

– Je sais, mon ami. Cette nuit n'en finissait pas. J'ai cru que je ne verrai jamais le jour.

– Fichaises, mon amour. Et notre photo ? Y as-tu songé ?

– C'est vrai, fit-elle avec un geste lent sous les draps. Il y a notre photo... Donne-moi mon café. Après, j'aurai la force.

Il l'aida à boire. Elle était docile. Un peu molle. Une enfant retrouvée.

– Comme ce café est amer, dit Lucienne. Je le trouve de plus en plus âcre. Du fiel.

– C'est du Colombie, dit Kléber.

– On dirait de la chicorée, geignit-elle. Ou alors, j'ai un mauvais goût dans la bouche.

– Voudras-tu du thé pour changer ? Un petit thé de Chine fumé ? Hein ? Qu'en dis-tu ?

– Je ne sais pas. Je ne sais plus, soupira Lucienne. Je suis toute mate. Ma vie qui fout le camp.

– Mais non, l'encouragea Kléber. Lève-toi, ça ira mieux.

Il l'aida à se vêtir. Voilà déjà un mois qu'il lui administrait la mort-aux-rats. Il avait beaucoup tâtonné pour trouver la dose juste et prenait soin de l'augmenter insensiblement chaque jour.

Il aida Lucienne à se rendre jusqu'au fauteuil Voltaire. Elle avait maigri mais pesait encore bien cent cinquante livres. Elle se cala devant les minarets.

– Est-ce que mon chignon goguette ?

– Non, mon amour. Tu as ton beau visage.

– C'est l'été et j'ai froid. De la glace au bout des doigts.

Il l'embrassa. Son haleine était pestilence.

– Je t'aime, je t'aime, dit Kléber.

– Pourvu que ça dure, dit Lucienne.

5,6 au 25ᵉ. Elle trouva la force de sourire.

Kléber n'en pouvait plus d'avoir mal.

Le mois de juillet avait profité à la serpillière. Elle étendait son étoffe grise et cassante à tous ses intestins. Il saignait tous les matins.

Parfois, il s'arrêtait devant le calendrier sur lequel il avait coché la date hypothétique de sa propre mort : 15 septembre. Un trait rouge à ne pas dépasser.

Fin juillet, Lucienne ne bougea plus du fond de son lit. Elle parlait peu. Mangeait nibe. Vomissait tout. De plus en plus légère, le corps nacelle, kilo après kilo, elle lâchait du lest. Fichait le camp. A croire que ses yeux démesurés prenaient de plus en plus de distance. S'éloignaient des contingences. De tout ça. De la terre. Des bidules et caetera, autant d'inutilités notoires qui aidaient soi disant à vivre. Bonbons, cerises ou pêches au vin. Liqueur de Dantzig, pourtant! Et même la lecture. Que de choses ne s'encombrait-on pas ici bas! Elle élaguait tout. Ne se consacrait qu'à un geste à la fois. Tellement il lui fallait trouver de ressources en elle, rien que pour remuer un bras. Rien que pour sourire. Pour soulever les paupières. Elle en était arrivée à une économie parfaite. Ses prunelles voilées en permanence d'une sorte de taie d'indifférence, s'allumant seulement si Kléber entrait dans la chambre.

– Je te fais du tintouin, hein, mon pauvre mari? soufflait-elle avec un sourire las.

– Mais non, je te jure, mentait Kléber.

Soudain, il se retournait. Feignait la surprise. Prenait l'air gai. S'écriait :

– Tiens! Regarde qui est là!... Ah! Lucienne!... C'est le docteur Grandier qui est venu te revoir!...

Le vieux généraliste qui la suivait depuis toujours se penchait sur elle.

– Alors, madame Bourguignault? Où en sommes-nous?

– Bof, je suis morte dans le dos. Peux plus me bouger...

Elle cherchait à deviner sur les visages. Ne trouvait rien.

– Et sur le devant, reprenait-elle, j'ai l'estomac qui se retourne comme un gant. Toujours ces brûlures. A croire que je distille.

– Et l'appétit?

– Je n'en ai pas.

– Prenez-vous vos fortifiants?

– C'est tout ce qu'elle avale, intervenait Kléber.

– Bien! Très bien, encourageait le praticien en scrutant sa patiente. Et au mari : – Doublez la dose.

Une autre manière d'aider Lucienne à mourir. Le docteur Urbain Grandier était de la vieille école. En prescrivant de l'extrait de noix vomique, il se faisait le complice involontaire de Kléber.

La mort campait rue des Pitoches.

Un jour, Lucienne ne fut plus assez forte pour se mouvoir elle-même. Désormais, Kléber la porta jusqu'au fauteuil dans ses bras.

Photo après photo, il enregistrait les griffures, les

souillures, les marbrures qui ravinaient le visage exsangue de sa bien-aimée.

– Fais ta photo, Kléber, dit un jour la malade. Dépêche-toi. Est-ce que le chignon goguette ?

– Non, ma mie.

– Fais ta photo, Kléber. Je ne souffre plus.

5,6 au 25e. Il appuya sur le déclencheur.

Elle était morte en souriant.

Kléber pleura en une seule fois.

Il baissa le rideau de sa boutique et photographia la trépassée. Plusieurs fois.

C'était un 18 août.

C'est alors que commença une étrange période. L'avènement d'une nouvelle clandestinité, un broussailleux maquisard dans lequel Bourguignault s'enfonça sans s'en rendre vraiment compte.

Plus seul qu'un ténia, le sourire biais, errant dans la pénombre de sa maison, c'était comme s'il n'arrivait pas à se séparer de Lucienne. Il la laissa dans la posture où elle se trouvait. Pâmée devant Constantinople. La mort lui avait écarté les cuisses. Le vieil homme s'accroupit pour inspecter le fond de cette grotte mystérieuse où jouait un reflet de lumière électrique. Il resta longtemps devant la friche de ce ventre qu'il avait si bien connu. De remords, pas. Plutôt un sentiment de vacuité. Il éteignit la lampe de Gallé. Privée du reflet orangé, celle qui se trouvait devant lui n'était plus tout à fait sa femme. L'ombre buvait Lucienne. Elle était juste une enveloppe abandonnée.

Il ne déclara pas le décès.

Au début de ce nouveau mode de vie, Kléber entrait dans le studio dès qu'il avait un moment de libre. Il s'asseyait en face de la défunte et lui parlait doucement. Il la tenait informée de toutes ses activités. N'était-elle pas tout ce qu'il avait jamais aimé ?

Il lui racontait que tous les albums étaient en ordre. Qu'il était maintenant occupé à filmer image par image chaque portrait. Il utilisait une caméra Baulieu. Une caméra d'un modèle ancien, mais en laquelle il avait toute confiance. Pour chaque prise de vue, même angle, même grosseur de plan, même exposition. Il fallait que le passage d'un visage à l'autre se fît de la manière la plus lisse possible. Son travail progressait régulièrement. Il n'envisageait plus de sortir. D'ailleurs, il avait pris toutes ses précautions. Des conserves, du surgelé et un stock de riz. Au reste, le jeûne restait sa meilleure arme contre la progression de la serpillière.

– Je l'affame, confiait-il à Lucienne. La pieuvre!

Il éclatait d'un petit rire de piano-punaise – sec et désaccordé. Ses yeux dérivaient sur les eaux du Bosphore. Sur les mâts des felouques. Sur les burnous rouges des mariniers. Sur les toits embrasés des mosquées.

– Ah, murmurait-il, comme j'aurais dû voyager pour de bon.

Mais cette projection tardive dans un futur impossible l'arrêtait court. Vite, il revenait au passé. C'est là qu'il se sentait le mieux : prendre Lucienne à témoin et dévaler leur bonheur à rebours.

Pour émailler ce long monologue d'un semblant d'action, à moins que ce ne fût pour masquer sa douleur – sans doute aussi pour céder à des automatismes qui remontaient à quarante-cinq ans en arrière – il continua à prendre deux clichés de la morte, chaque jour. Il avait calé son corps avec des coussins et l'avait liée par des sandows au dossier du fauteuil. Le sourire de Lucienne ne se démentait pas.

Un jeudi toutefois, il lui sembla qu'un œil avait bougé. Au fond de l'orbite – imperceptible – un léger tassement du globe oculaire avait eu lieu.

Et puis l'odeur l'alerta.

Par ces chaleurs confinées, la décomposition faisait son œuvre. Dernier cheminement. Ultime mouvement du corps pour retrouver la terre ogresse.

En prenant six clichés par jour, Kléber s'aperçut qu'il arrivait à capter la translation de Lucienne vers le néant. Alors, au mépris de la maladie qui le rongeait, le photographe entama une nouvelle période d'intense excitation. Il prit huit, dix puis douze photos quotidiennes. Lucienne était aspirée vers le bas. Peu à peu, les yeux se vidaient de toute substance. L'os frontal apparut le premier, suivi par le maxillaire droit. Les pendentifs qu'elle portait aux oreilles se détachèrent comme des fruits trop mûrs. Le réseau sanguin apparaissait aux meurtrières de la moindre déchirure cutanée. Kléber tenait le studio fermé par peur des mouches. Miraculeusement, sa santé lui laissait une sorte de répit. Il menait de front le tournage du film, l'exposition des nouveaux clichés et leur tirage immédiat.

Le 15 septembre arriva. Puis le 20. Il était toujours en vie. Éreinté mais vivant.

Vers la fin du mois, il avait complété son ouvrage. Lucienne s'était totalement déshabillée de sa chair. Elle était un squelette blanc, tassé dans un fauteuil. Son collier de perles restait pendu à ses cervicales. Elle avait une ossature gracile.

Quand tout fut filmé, Kléber fit un paquet de la pellicule impressionnée. Il le ficela avec grand soin. Il ressortit à la lumière du jour pour la première fois depuis plus de cinq semaines. Il faillit suffoquer à force d'oxygène. Il s'en fut à la poste centrale.

Il envoya les bobines à développer chez Kodak, à Sevran. En recommandé, je vous prie. En exprès aussi, parce que ses forces déclinaient à vue d'œil.

En revenant, sur le trottoir, il eut un vertige. On le ramassa. On l'assit dans une boulangerie. Autour de lui, les gens continuaient à venir acheter leur pain. C'était un pain qui sortait du four et qui craquait sur les présentoirs en cuivre. La boulangère exigea qu'il bût un kirsch fantaisie. Il recouvra un semblant d'énergie. Il acheta un rocher pour remercier la commerçante. Il se retrouva dans la rue et balança le chocolat dans un égoût. Il prit bien vingt minutes pour rentrer chez lui.

Maintenant c'était l'angoisse qui prenait le dessus sur la souffrance.

Il fallait compter dix jours avant que ne revînt la précieuse pellicule du laboratoire de développement. Le projecteur était prêt dans la salle à manger. Et si Kléber n'allait pas être au rendez-vous du facteur ? Il sentait au tréfond de lui une poigne de plus en plus assurée qui lui tordait les tripes. Sur la lunette, il n'osait plus pousser. Toute une boyauderie qui se nécrosait en chaîne. Viande lisse en poire blette. Déconfiture. Flétrissure. Exhalaison méphitique.

Quelle défaite, le corps! Lui, Kléber, vieil épouvantail en chaussons. Traînant savate le long des murs. Usé jusqu'à la corde. La trame. Le noyau. Plus rasé. Jamais propre. Crachant dans les tiroirs. Pissant où n'importe. Ballotté par la peine. Foutu. Déchiré. Bon à jeter. Haillon d'homme. Guenille, loque et délabre. Se postant chaque matin, assis sur une chaise dans l'humidité du couloir d'entrée, pour voir si de la bouche de la boîte à lettres jaillirait enfin le paquet tant attendu. Les quinze minutes de toute une vie de bonheur...

... Mais rien. Niet. Pas. Que des prospectus pour un charter cinglant vers l'Amérique. L'Amérique! Il répétait : – L'Amérique! et épluchait le reste du courrier : une note de gaz qu'il ne paierait jamais. Le journal qui ne l'intéressait plus. Trois guerres, un viol, une ratonnade. Et un catalogue de la Redoute, qu'il jeta au panier.

Le 10 octobre, Kléber Bourguignault mourut sur sa chaise. Le 11 octobre, le colis dégringola dans la boîte à lettres. A l'intérieur du papier kraft, se trouvait une bobine de film développé. Un technicien de l'usine de Sevran, nommé Bardinet Marcel, y avait joint une note écrite au stylo Bic sur une feuille verte. A la rubrique « Observations », il avait griffonné hâtivement : « Négatif entièrement voilé. Cause probable : mauvaise étanchéité du boîtier de caméra. »

On enfonça la porte du 6 rue des Pitoches le 30 octobre à 18 heures.

Pour solde de tout cœur

A Tamburini

En 1940, le maillot de bain Roussel en Airolastic à tricot poreux assurait une fraîcheur constante autour des hanches de ma mère. Elle avait quarante et quelques années de moins. J'en étais amoureux. Papa vivait encore pour six mois. Jusqu'à ce bombardement de la forêt de Bitche, arrondissement de Sarreguemines. Papa vendangé par des obus de 105. Écrabouillé comme un chasselas. Bu par la terre. Cul sec. Au revoir, papa. Parlons plutôt de l'été 1939.

Un Kodak Rétina fixait le dernier bonheur de mes parents sur pellicule Vérichrome. Près d'eux, aux terrasses de café, les couples heureux buvaient de la Quintonine. Les pilules orientales raffermissaient les seins. Le thé mexicain du docteur Jawas amincissait les formes. Si vous allez par là, on se parfumait avec *Shocking* de Schiaparelli ou *Shanghai,* parfum de chez Lenthéric. Avant, en 1938, il y avait eu le soutien-gorge Arista, tricoté en forme, sans couture, et à plaque stomacale. Il avait longtemps nourri mes rêves.

En ce temps-là, j'avais six ans, l'âge de regarder par les trous de serrure.

Je me souviens d'une amie de la famille, venue huit jours en mai, pour se reposer à la campagne. C'était une jeune femme dans l'embonpoint de ses trente-six ans. Elle me fournit à son insu un matériau mitoyen que je n'étais pas prêt d'oublier. Nue devant la glace, elle fumait des cigarettes Balto, goût américain. Les paupières closes, les narines pincées, elle s'enrobait d'une fumée qui sentait le miel.

Alpiniste débutant, j'escaladais son mont de Vénus par la face ombragée. Je foulais par la pensée une cambrousse dense et ébouriffée aux reflets plutôt roux. L'on n'imagine pas la force des images qui traversent la tête d'un jeune promeneur clandestin. Je tiens à témoigner que ces temps étaient encore rubéniens, archaïques quant à la conception de la lingerie fine, et que la prémonition du bikini était inenvisageable.

On visitait la Belgique. Ostende et Blankenberge. Les bas Gui faisaient les jambes jolies. On tressait des louanges aux tricots tulle, à la gaine Charmereine. Décades éblouissantes! Femmes indémaillables! Un seul grain de Vals suffisait à régulariser doucement vos fonctions digestives! *Transparence* de chez Houbigant, *Caravane* de chez Bienaimé, *Iles d'Or* de chez Lenthéric, comme la guerre allait abîmer maman! Comme l'après-guerre a été cruelle!

Voilà où j'en suis...

On ne se connaît pas. Mais quand bien même nous aurions l'occasion de sucer la paille du même peppermint, je ne pense pas que je vous plairais des masses. Trop en retard pour mon âge. Cette raie par le milieu. Mes cheveux gominés. Ma mère qui vit toujours. Et je porte des bottes de caoutchouc en plein été.

Vous êtes au bout du bar. Vous riez. Vous riez à tout ce qu'on vous dit. A Denise, qui est votre prénom. Aux platitudes que vous débite ce type à la santé infernale. Chemise caïman, et le même âge que moi.

Je vous regarde. Hé! Je vous regarde!

Je suis derrière la plante exotique. Le palmier plumé. Phoenix des Canaries, il me semble. Mais vous ne me voyez pas. On ne me voit jamais. Ou alors, juste le temps de me rendre ma monnaie. Des trucs comme ça. Je suis trop gris. Trop beige. Trop insignifiant. Mais moi, je vous ai remarquée. Distinguée. Choisie, Denise. Cet après-midi, belle enfant. Sur la plage. Pour votre bikini, votre crème à bronzer, votre teint de blonde. Et parce que vous avez le ventre de ma mère. La même nature de peau.

Ce soir, je vais vous tuer.

1/3 de Noilly-Prat. 1/3 de Guignolet. 1/3 de je-ne-sais-plus-quoi. Un doigt d'Angostura. Et un zeste de citron. Cocktail en votre honneur, mon petit ventre. Vous aimez Saint-Tropez? J'y viens depuis trente ans. Trente ans de solitude! Est-ce que vous imaginez? On n'imagine pas le désespoir des seuls!

Où en étais-je? Ah oui! Le chapitre des vacances. Autant que vous sachiez, je n'en prends pas vraiment. Un jour par an. Celui-ci. Le jour qui va nous réunir. Celui de votre mort, mon petit ventre.

Après, je reprendrai le train de nuit. Je retrouverai maman. Je lui raconterai votre bikini. Votre splendeur ambrée. Votre ventre de vingt-deux étés. Maman dans mes bras. Rêveuse à m'écouter. Nous vivrons tranquillement, jusqu'à l'année prochaine. Et vous y serez pour quelque chose, je vous jure.

Le visage de maman devient lisse quand elle est apaisée. Chaque année, j'efface ses rides. Le reste n'est qu'imagination, vous savez. Et vous n'aurez pas le temps de peler sur le nez. Pas le temps d'avoir de vergetures, Denise.

Glaçons. 1/3 de Lillet. 1/3 de gin. 1/3 de Martini dry. Un trait de Bols bleu.

Je m'appelle Martin. Un nom étriqué comme du prêt-à-porter de province. Et pendant trois longues heures épuisantes, cet après-midi, j'ai enjambé les gens, ici, à Saint-Tropez. Je vous cherchais, Denise. Trente ans que je cherche à comprendre!

Vous venez encore de rire, Denise. Je n'aime pas cette hystérie mal contenue. Elle vous taille la voix dans l'aigu. Tout cela n'est pas bon pour moi.

Lundi, je serai à mon travail. Laborantin. Un type effacé. Blouse blanche. Profil fuyant. Dosages minutieux. J'aime assez ce que je fais. La biologie permet bien des manèges. Une goutte d'eau sous un microscope et vous prenez l'Orient Express. J'ai toujours apprécié cette sorte de vagabondage par la pensée. J'ai toujours mené ce genre d'existence micrométrique. Oh Dieu! J'ai adoré faire des études!

Des idées, Denise, n'allez pas vous faire. Il m'est arrivé aussi de regarder du côté des autres. De m'intéresser au monde extérieur. La modernité, tenez. La communication. L'automobile. L'électronique. Tout, je veux bien. Tolérant comme on voit... Mais le droit à l'exode d'été! Pourquoi? Hein? Pourquoi? Étrange plaisir mérinos, vous admetterez. Tropisme dégradant, je trouve. Le derrière des cons posé sur le visage des gens que vous aimez le mieux. Jolie maman graissée comme un fusil. Toute une bidocherie rôtie au soleil. Intimité par forci-pressure. Des ventres qu'on n'envisage même pas d'habitude. Sur des plages à caillasses. A se refiler la bêtise par la bouche. Merci bien. Merci beaucoup. Et caetera, des imbécillités notoires.

Vous voudriez que je retire mes bottes?

L'Homme, je veux dire la Femme a toujours voulu apprivoiser le soleil. A croire que faire entrer la chaleur du ciel dans un ventre femelle, c'est déjà donner signe de vie. Sorte de préchauffage biblique. Prémisses de l'envie de procréer. Le bronzage comme aguicherie supplémentaire. Filtres magiques, écrans numérotés, graisses et excipients. Tout un arsenal. Antichambre de l'amour. Appetizer. Le bikini zakouski, en quelque sorte. Dyonisiaque, mon cher Stetson! A ce jeu solaire, j'ai tôt compris que s'il convient de protéger sa tête, il est dégoûtant de réduire le bas.

Comprenez ma révolte. Maman avait cinquante-six ans quand j'ai vu son ventre pour la première fois.

Dans son cas, qui a bouleversé ma vie, le bikini venait trop tard. Et j'ai détesté l'inventeur. Paresse abdominale, sangle relâchée, il y a des géographies molles qui abasourdissent l'entendement. Ma mère était vieille comme une pomme oubliée dans un grenier. Et, quand j'ai découvert au-dessus du triangle minimal cette ptose jusqu'alors insoupçonnable – enfermée, secrète, ordinairement enveloppée de jupes portefeuilles, de drapés, de volants, de ramages – j'ai su que je lisais soudain à ventre ouvert tout l'abandon de cette femme, tout son renoncement. Pas de doute possible. Maman arrivait trop tard sur la plage. Elle ne serait plus jamais belle. Plus jamais désirable. Et j'ai pleuré.

A deux pas de sa défaite, Ursula Kubler bronzi-bronzait dans les bras de Boris Vian. Elle était belle et longue comme un éclat de trompette. Vadim mignonnait Bardot d'une queue de cheval et Dieu créait la Femme. Bonjour Tristesse, c'était celle des années 50. Sagan roulait cabriolet Triumph.

Cet été-là, j'ai rangé mes maillots de bain. J'ai enfilé mes bottes. Et j'ai empêché maman de sortir.

Elle ne sortirait plus. Elle l'a promis. Je me suis arrangé pour qu'elle le fasse.

Depuis, chaque été, dans notre trois pièces de la place Paul-Verlaine, derrière nos volets clos, assis sur un vieux Smyrne repeint par Bonnard, nous faisons ensemble le voyage du bikini à rebours. Nous remontons le temps. Maman pose sa tête sur mes genoux. Je parle doucement. Toute la nuit. Toutes les heures de la nuit. Et je lui raconte l'histoire de son corps...

... En 1940, il était une fois le maillot de bain Roussel, en 1939, papa vivait encore six mois. Un Kodak Rétina. La Quintonine. Les pilules Orientales. Le thé mexicain. Et ainsi de suite, jusqu'en 1936 où mademoiselle Danielle Darrieux, la vedette la plus aimée du public, portait des bas Cornuel.

Et cessez ce rire de gorge, je connais le numéro de votre chambre, Denise. Au fond de la poche de ma veste, je serre dans mon poing le manche d'une alêne de cordonnier.

Ce soir, je vais vous percer le ventre, mon petit ventre.

Beau fixe

A Denis Fernandez-Recatala

Par où commencer ?

Le 9 juillet, Toufik Ouannès est mort. Clamsé béton. Flingué fin du guidon par un caractériel mou. Balle anonyme. Cité dortoir. Barres. Cent quatre-vingts fenêtres de devinette.

Toufik avait les dents du bonheur. Dix ans de la tête aux pieds. Zonard importé, deuxième génération. Vachard avec les cons. Rieur avec ses potes. Poli avec sa mère.

Il était vingt et une heures lorsqu'il a trouvé un œillet rouge sous sa chemise. Une fleur de douleur qui faisait carabosse à la place du sang. Ça pissait. Ses doigts se sont crispés. Il a dit :

– J'ai mal.

Et il s'est mis à courir.

La chaleur du soir allait encore un train d'enfer. La ville achélème était en mélasse. Du sucre entre les doigts.

Toufik courait. Bâtiment A. Bâtiment C. Bâtiments à lettres. Des cubes. Des alvéoles par où les gens passaient la tête comme des guêpes. Toufik courait.

C'était encore loin pour aller mourir sur la dalle de ciment.

Les femmes des « 4000 » disaient :

– Ça devait arriver.

Une rumeur traçait poudre et méandre dans les couloirs de la cité. Virgules de merde. Graffiti. Lucette suce Brahim. Même colère. Même anéantissement. Même peur endémique. On disait, on répétait :

– Si on est maghrébins, on nous tire dessus.

Toufik était étendu sur la dalle. Des gamins comme lui l'entouraient. Farid et Béchir. N'Doula et Pierrot. Et même le fameux King Domino. C'était comme une fois, sur le quai de la gare, quand toute la famille avait fait semblant de partir en vacances à la mer. Toufik se souvenait. On avait pris tout le bataclan. Le plat à tajine. Les maillots et les raquettes de tennis. Manquait plus que l'argent des billets. Et maintenant, c'était exactement pareil, tous les mecs étaient là. Sauf que ce coup-ci, Toufik se sentait partir pour de bon. Les autres allaient rester mais pas lui. Ça se voyait à leur tristesse.

Ah! Ce que c'était dur! Les yeux surtout. Ses yeux, mon vieux, tu peux pas savoir, pour les rouvrir, c'était tout un opéra.

Les femmes des « 4000 » disaient inlassablement :

– Ça devait arriver.

Et après que Toufik fut mort et que la nuit-poisse se fut refermée, les femmes d'Algérie, celles de la Guadeloupe et celles du Sénégal répétaient toujours que ça devait arriver.

Les jeunes disaient :

– Il faut foutre le feu pour faire sortir tout le monde. On trouvera le fusil qui a tiré.

Ils disaient encore d'autres phrases beaucoup plus désespérées !

– Dans le temps, on mettait tout sur le dos des Juifs et, maintenant, on accuse les Arabes.

Ils disaient, ils répétaient que l'assassin était peut-être un Français.

La police est venue. Gyrophares bleus. On s'est écarté. Ceux du SDPJ de Bobigny et ceux de la brigade criminelle. Des vedettes en Ray-ban. Tu les reconnaissais à ce qu'ils avaient vu des films.

Les gens d'ici, ceux qui savent la musique, les voisins ont dit :

– Ils ne trouveront pas l'assassin.

Quelqu'un, protégé par la foule, a même lancé :

– Ils s'en foutent.

Les jeunes ont dit :

– Il faut fouiller les soixante appartements pour trouver le salaud. Tout mettre à sac.

Ceux des « 4000 » ont dit :

– Ils ne le feront pas.

Et ils ne l'ont pas fait, parce qu'on ne peut pas perquisitionner après vingt-deux heures.

Un commissaire a dit :

– Ce n'est pas légal.

Mais ici, les hommes ont demandé :

– Qu'est-ce qui n'est pas légal, mon frère ?

Personne n'a répondu. Il faisait trop noir.

Les hommes d'ici ont pensé à Toumi Djaidja, blessé par le maître chien Patrick Besnard aux Minguettes. Et à d'autres. Des Algériens, des Maliens, des Martiniquais qui avaient payé de leur vie des gestes de révolte. Quoique pas forcément. Parfois, il suffisait de se trouver là pour prendre des balles orientées de haut en bas. Beaucoup de policiers trébuchaient quand ils tenaient une arme de service. Et même en civil, ça leur arrivait.

Les femmes d'ici, les jeunes aussi et les hommes ont eu l'impression que Toufik Ouannès était un nouveau mort pour rien. Que les choses ne changeraient plus. Et le bruit courait qu'un planton du commissariat de la Courneuve aurait dit :

– Ce n'est qu'un bougnoule de moins.

Alors, la rage était dans les cœurs.

Pulsar à Vierzon

A Gary Hemmings

Jack Kerouac est mort. Mort aussi Brautigan. Il ne me reste que plus que moi, Tom Dean, un bison égaré, avec des yeux posés sur l'Amérique de jadis.

Partis, Ken Kesey et ses Merry Pranksters! Finie depuis vingt ans, la nuit occidentale! Adieu vaches nocturnes du Kansas! Good bye farewell villes de boîtes de biscuits, « avec une mer au bout de chaque rue »! Dans le lointain des sixties, le cadavre de Frisco bouge encore à peine. Quelque part au bord de l'Océan, le compteur de vitesse de ma Volkswagen Coccinelle est bloqué sur 120. Les guitares, les juke-boxes, les Remington portables se sont tues. Où sont passés les fous? Le junkies? Cette fille blonde qui rappliquait du Maine? Roxie qui marchait à mes côtés les jours où l'héro lui laissait une chance d'aimer les hommes. Piqûres dans les joues, piqûres sous la langue. Plus une place à louer. Trois ans de glissades sur les falaises de Big Sur et après, Tijuana. Un livre de poèmes. Deux recueils de nouvelles. Quelle merde! Du sang, de la chiasse à chaque ligne. Des cavernes et de l'alcool. Un gâchis de beauté. Dieu! Comme nous avons saccagé l'essentiel!

Baby Boom

L'autre jour, c'était un mardi, j'étais au soleil.

Mon gros bide de soixante ans séchait en face de l'Annapurna et ça ne me dérangeait pas de puer dans mon froc, parce que l'air est si pur à huit mille mètres. Douze bouteilles de whisky venaient juste de m'arriver à dos de sherpa jusqu'au village de Pokhara où j'habite avec Erika. Ma compagne du Népal était dans l'atelier. Au travers de la baie vitrée, je la voyais évoluer devant son chevalet. Par rafales subites, elle foutait des coups de couteau géniaux sur une toile qui déroulait l'impossible. Parfois, les couleurs se fondaient ou bien c'en était une seule qui prenait le dessus. Un mauve cru par exemple, qui se mettait à exercer une fascination vibratoire sur Erika et plus rien d'autre ne comptait pour elle.

Les jours de rendez-vous avec le mauve, la saloperie de couleur pompait quatre-vingts pour cent de l'énergie du monde. Elle ne laissait plus que vingt pour cent pour le reste. Pour la vie quotidienne et pour votre serviteur, ce vieux débris de Tom Dean, le survivant le plus pourri des écrivains de la côte ouest, le has been du « primitivisme fondamental », celui dont même les mouches ne raffolent pas question odeur. Et si je n'étais pas content de mon sort avec elle, Erika suggérait de temps à autre que je retourne bouffer les haricots rouges de Market Street. Que j'aille me soûler la gueule avec le vin italien de l'Embarcadero ou que je finisse mes jours dans un asile de Mission Street. C'était la Loi. Erika m'avait habitué à ce partage inégal. Je m'effaçais dès qu'une couleur enflait sur la toile. Quinze ans déjà qu'elle s'évertuait à peindre les Himalaya. Quinze ans que je bouffais la merde de ses manigances colorées!

Ce foutu mardi dont je parle, je me disais en me grattant les couilles au soleil, bon dieu, pourquoi est-ce que cette putain de femelle allemande essaye encore et encore? Hein? Pourquoi prendre une fois de plus le chemin de la perfection? Pourquoi s'y risquer? Sûrement pas pour m'épater. Erika a fait depuis longtemps le tour de ma vieille queue. Elle ne croit même plus à mon talent d'écrivain. Elle me laisse avec mes cahiers et mes joints. Elle m'appelle bison aux yeux mous. J'ai un ulcère qui saigne de temps en temps. Quatre jours sur sept, je me demande si je vais mourir sur un trottoir ou sur un lit d'hôpital. Et ça ne l'empêche pas de se battre contre les plus grandes montagnes du monde. Des montagnes si blanches. Elle dit qu'elle veut coincer sur la toile toute cette pureté exterminante qu'elles cristallisent autour de nous.

Quand j'ai eu fini de me gratter, j'ai craché rose sur une pierre. J'ai commencé à picoler et j'ai écouté la cloche du temple bouddhiste, en prenant bien soin d'étendre les jambes pour être sûr de ne rien faire d'autre.

Par la fenêtre, Erika m'a crié qu'elle s'approchait d'un mauve particulièrement aigu. Ce n'était pas la première fois que ça lui arrivait depuis ce matin.

D'où j'étais, je la voyais se démener. Palette en main, elle couvrait. Elle recouvrait. Grattait. Intensifiait, se repentait. Humble. Butée. Usée. Brûlée jusqu'à l'os. Même en admettant qu'elle s'acharne davantage pendant les cinq ans que je lui donne à vivre, il n'y a pas de raison, dans sa catégorie de mauve, qu'elle atteigne en intensité le bleu d'Auvers-sur-Oise. Il appartient uniquement à des types mystiques comme ce Van Gogh. Un genre de cri qui ne se pousse qu'une fois par siècle. Vous êtes Dieu pendant la durée d'un tableau. Et c'est impossible à supporter.

A mon avis, Erika pressent qu'elle va au-devant d'un échec. Ses forces la trahissent. Elle continue à peindre, mais elle est déjà moins près du sommet qu'il y a seulement trois ans, quand nous baisions encore après chaque repas, ce sacré jour de Noël par exemple où j'ai cru, en l'attendant sur le lit avec ma queue en érection, qu'elle avait trouvé le mauve clair qu'elle cherchait, exactement. Celui, dit-elle, qui va « si près du blanc des glaciers qu'il se confond avec le ciel quand le soleil devient aveuglant ». Quinze ans qu'Erika s'esquinte les yeux sur ces putains de sommets. Quinze ans qu'elle reste un peintre moyen. Pauvre chère Erika! C'est l'alcool qui a fait le plus de chemin sur son visage. Et dans le fond, tant pis si elle recule, ailleurs, elle avance.

En tout cas, mardi, j'étais au soleil et je n'attendais rien. Je n'avais même plus besoin de patience. Dans le fond du ciel, l'Annapurna faisait le boulot en solitaire. J'avais un crayon dans la bouche. De temps en temps, j'essayais de rebrousser chemin à l'intérieur de moi-même. Je voulais savoir avec précaution si une telle démarche allumait des souvenirs. Parfois, j'y voyais clair et ça n'était pas à mon avantage. Parfois, je me contentais de poser mes yeux sur l'Amérique de jadis et il me venait l'envie d'écrire une page. Je buvais un coup de Jim Beam et j'écrivais une page.

Le type est sorti du coin de la maison. Je ne l'avais pas entendu venir. A contre-jour, il s'avançait. Et quand il a pris le soleil pour lui tout seul, j'ai levé les yeux. Je ne comprenais pas pourquoi il me regardait avec sympathie.

– Hey ? Qui êtes-vous ? j'ai dit.

C'était tout à fait le genre de question qu'il pouvait s'attendre à se voir poser, parce qu'il fallait remonter à Abraham Lincoln pour trouver quelqu'un qui soit venu me regarder de si près. Avec l'accent français, il m'a appris qu'il arrivait tout droit de Paris. Il a ajouté qu'il s'appelait Raphaël et un nom que je n'ai pas retenu. C'est après que suivait l'essentiel de ce qu'il avait à dire. Il avait lu tous mes livres, il jurait que j'avais du génie et qu'il avait l'intention, si je le permettais, de les éditer en français.

Au fur et à mesure de son laïus, le type avait beaucoup changé à mes yeux. Il était même si unique dans son genre après toutes ces années, que je me suis demandé s'il n'était pas mon mauve à moi. Et je lui ai suggéré poliment de s'asseoir, Raphaël.

Nous avons bu plusieurs scotches sans trop rien nous dire qui puisse détruire la grâce entre nous. Nous avons regardé les foutues montagnes et il est convenu avec moi que la beauté est ce qu'il y a de plus difficile à comprendre. Je lui ai montré cette saloperie d'Annapurna et j'ai essayé un sourire aimable sur lui.

– Putain ! Voilà quinze ans que je suis en face de cette île flottante qui est réputée la plus belle du monde, et je ne sais toujours pas quoi en penser.

Il a pris l'air démesurément intéressé et m'a demandé :

– Vous n'écrivez plus ?

Encore une fois, je lui ai désigné la plaine liquide du

ciel où perçait l'indicible blanc. En se tournant sur son fauteuil d'osier, il a vu comme moi les cimes éclaboussées d'un ressac de nuages, la consternante perfection de leur lenteur éternelle, lambeaux et déchirures, un ralenti savant qui n'en finissait pas de se tordre et de rugir en silence.

Nous nous sommes observés avec un demi-sourire crispé. J'ai dit :

– Je suis venu me foutre en face de ça qui est totalement parfait et je ne vois pas pourquoi j'essayerais de l'abîmer avec des mots.

– Vous avez sans doute raison, a-t-il admis, mais vous êtes un grand écrivain. Vous n'avez pas le droit de vous taire, monsieur Dean.

J'ai incliné la tête et en tendant le bras je suis arrivé à mettre Raphaël et l'Annapurna dans un verre de whisky.

Je jure qu'à cette minute, Raphaël était mauve.

D'ailleurs, Erika l'a senti. Elle s'est penchée à la fenêtre. Elle avait du bleu au bout de son couteau à peindre.

Elle a crié :

– Tom? Qui est la merde d'homme à qui tu parles?

J'ai souri. Je pense que je faisais plaisir à voir. J'ai dit :

– C'est Raphaël. Il veut que j'écrive un nouveau recueil de nouvelles.

Erika s'est penchée à l'intérieur. Elle a réapparu par la porte. Elle fumait un *beedy.* Elle s'est approchée de la table. Elle s'est accoudée dessus et ses bras croisés ont fait gonfler ses miches.

Après avoir mesuré Raphaël avec ses yeux de Prusienne, elle a parlé de lui, lui accordant aussi peu d'importance que s'il était sa propre reproduction en poupée gonflable.

– Il est assez bien proportionné, m'a-t-elle dit. Est-ce que tu me le laisserais essayer dans notre lit, Tom ?

Bon dieu, elle pouvait bien. Surtout si elle y trouvait un quelconque avantage pour sa foutue santé. J'ai pris mon verre. J'ai dit à Raphaël :

– Ne vous gênez pas pour moi. Servez-vous.

Le Français est passé d'une hanche sur l'autre, pas sûr d'être encore au monde. Il a fait mine de s'éclaircir la voix. J'ai pris l'air aussi enthousiaste que possible pour l'encourager. J'avais bigrement envie qu'Erika soit heureuse.

– Avant d'avoir personnellement connu l'Annapurna, ai-je dit, j'étais convaincu que les fesses d'Erika étaient ce qu'on peut voir de plus beau. Je vous assure, Raphaël, qu'il y a de la neige éternelle dans leur cas. Récemment, elles ont beaucoup moins changé que l'Amérique.

Raphaël hésitait encore. Ça ne m'a pas échappé.

– Vous voulez imprimer mes foutus livres? j'ai gueulé. Alors, fuck your mother! Montrez-moi que vous êtes un alpiniste courageux! Grimpez la foutue femme!

Erika lui a fait un clin d'œil approprié dans le sens de la marche et l'a précédé dans la maison. J'ai entendu l'eau qui coulait. L'Annapurna ne bougeait pas. De sa majesté, je n'avais toujours rien à dire. J'ai bu encore un peu pour m'en persuader. J'ai évité de faire le moindre bruit dans le soir qui installait la transparence de Dieu sur les montagnes. Cachés derrière l'écartement digital de leurs racines, les banians assombris ont commencé à devenir grimaciers. En nombre pair, un vol d'oiseaux a traversé le coin du ciel le plus rose. Ils étaient suivis à distance par trois retardataires. Le dernier oiseau se donnait un mal fou pour dominer sa névrose. Après son passage heurté, j'ai reconnu aux cris aigus qu'elle poussait que Raphaël escaladait Erika par la face sud.

Il est resté quinze jours à la montagne. Il me trouvait toujours aussi génial. Ça m'aidait à moins saigner de l'estomac. Il est reparti avec mes manuscrits et il m'a dit qu'il allait apprendre au monde entier à scander mon nom.

Au bout de six mois, il a envoyé un billet de première classe par Air France. Il s'excusait de ne pas pouvoir me faire voyager « un mètre devant l'avion », parce que c'était assurément la place que je méritais à cause de la cohérence de mon œuvre. Dans un télégramme envoyé la veille, il avait beaucoup exagéré en disant que le Paris des Lettres n'attendait que moi.

J'ai atterri à l'aéroport de Roissy. Il était seul avec un photographe. Comme j'avais un feutre noir et mes bottes par Charlie Dunn – celles qui sont ressemelées treize fois – le type a pris plusieurs clichés. Il m'arrivait à l'épaule et il puait l'after-shave. J'étais en veste noire avec mes jeans. Erika avait tenu à les repasser. Le petit type tournait autour de ma taille et m'inondait avec son flash.

Quand j'en ai eu assez de lui et de sa lumière, j'ai débouclé mon ceinturon pour lui montrer mes ornements. Comme il était prêt à tout photographier, même mes plus vieilles amies, j'ai remballé leur calibre devant les gens qui s'arrêtaient et je suis parti droit devant moi. Ils m'ont rattrapé sur mes foutues jambes arquées et ils m'ont collé dans un taxi.

J'ai trouvé que Raphaël avait pris pas mal d'assurance avec moi. Il me tripotait les avant-bras avec l'exagération, je trouve, de mains potelées qui avaient couru sur les fesses d'Erika. Il avait prévu deux interviews à l'hôtel, une séance de photos au bord de la Seine – « *Dean is alive, I met him in Paris* » – et principalement, une émission de télévision très en vogue chez les Français, qu'ils appelaient « Apostrophes ».

Raphaël n'arrêtait pas de répéter que l'avenir des livres se jouait là – nulle part ailleurs – et pas tellement leur qualité qui importait peu, finalement, mais plutôt la manière dont les auteurs se composaient un visage. Il me recommandait de bien bouger devant les caméras, me conseillait néanmoins d'agir avec prudence. Il fallait montrer, d'accord, que j'étais « JE », un vieux bison de la « beat generation », avec ma subjectivité désarmante et ma nature débridée, mais aussi rester dans les normes qui étaient celles de la bienséance. Il m'a cité l'exemple de Bukowski qui avait bu devant le public et posé ses sales pattes de vieux branleur et de postier sur les genoux d'une femme auteur, comme s'il avait envie de forniquer à la première occasion. J'ai dit que ça me faisait plaisir, Chinawski, d'avoir de ses nouvelles. Et aussi de savoir que tous les écrivains n'étaient pas rangés derrière une cravate et un gilet. Il s'est mis à faire la gueule une partie du chemin, tellement il redoutait le pire avec moi.

Ma veste me serrait sous les bras. Je n'arrêtais pas de penser que je n'étais pas loin de devenir un cheval à réclamer qu'on emmenait au paddock pour le présenter à des éleveurs. Je sentais monter le vice dans mes sabots. Une envie de ruer tout à fait galopante.

– Vous devriez me faire courir avec des œillères, je leur ai conseillé.

Ils n'ont pas compris le sens caché de mon hennissement.

On est arrivés à l'hôtel qui se trouvait rue du Maine, à Montparnasse. D'après Raphaël, cette taule avait suffisamment de passé littéraire avec Henry Miller et quelques autres disparus pour se permettre d'être sale et bon marché.

Nous sommes montés dans la chambre 18 et je me suis jeté tout vif sur le lit. Il a pas mal rebondi. J'ai sorti ma bouteille de Jim Beam et j'ai commencé à m'abîmer. Je me sentais triste sans l'Annapurna. Ses neiges me collaient à la peau. Je leur ai dit. Raphaël a demandé si je ne buvais pas trop en attendant ce soir. J'ai roté uniquement par commodité de non-recevoir. Mes oreilles, occultées depuis l'atterrissage, ont brusquement débouché le champagne. Le téléphone s'est mis à sonner trop fort. Quand Raphaël a raccroché, il avait les yeux cernés. Il a dit que l'assistant d'« Apostrophes » voulait être sûr que j'étais bien arrivé. Le photographe a écrasé son troisième clope dans le lavabo. Il a pris des photos de moi sur le lit. Il a commencé en même temps qu'il actionnait le ronronnement insupportable de son appareil à remonter le moral de Raphaël. Il lui disait au chapitre des conneries, qu'avec les bésicles de mon grand-père, ma natte et mes moustaches tombantes, j'allais vendre beaucoup d'exemplaires de *Ding Dong jusqu'à San Diego* et il a commencé à me gratter. J'ai soulevé mon chapeau et je me suis gratté. J'ai remis mon chapeau. Et il me grattait encore plus. Je me suis levé et je lui ai collé mon poing dans la gueule. Il n'a pas refusé de saigner du premier coup.

Après, je suis descendu dans la rue sans demander l'avis de personne. Raphaël m'a coursé. Je lui ai demandé s'il voulait que je l'ouvre aussi. Il m'a dit de me calmer et que l'essentiel était que je sois ce soir sur le plateau de télévision.

J'ai dit :

– D'accord. Annule toutes les autres clowneries. Et j'ai suivi le trottoir.

Au bout de huit cents mètres, je l'ai poussé contre un mur et je lui ai fait peur en lui ouvrant le nez avec un coup de boule. Il a trouvé la force de pleurnicher avec du sang dans la bouche qu'il comptait sans faute sur moi ce soir.

A force de continuer à marcher, j'ai trouvé la Seine. J'ai suivi son cours parce qu'elle devait bien se débrouiller pour sortir de la ville. J'avais brusquement une telle envie de forêts que je me méfiais de moi. J'avançais beaucoup comme un éléphant qui va vers son cimetière. J'ai allumé un petit joint et j'ai regardé Paris. Le brouillard arrangeait un peu les choses mais tous ces gens pressés me donnaient quand même une mauvaise opinion de moi. J'ai croisé les yeux d'un jeune type et j'ai senti que j'étais périmé.

Dans une rue longeant les docks, un grand black ravivé Rasta m'a proposé assez de poudre pour rebasculer dans le camp de la défonce. Je me suis ravitaillé comme pour tuer un mort. Je lui ai acheté sa cuillère et une shooteuse qui allait avec.

Je me sentais mieux d'être harnaché et j'ai tourné mes bottes vers la sortie. Près d'une autoroute, j'ai levé le pouce. C'était comme un film en arrière. Tout rajeunissait. J'allais entendre l'appel d'une vie neuve. J'allais reprendre la route de mon éternité, comprendre l'inévitable nécessité d'aller vers quelque part, et filer droit comme une flèche vers les Rocheuses ou le Nebraska. Tant pis pour la direction, une vraie chasse pour traquer les accords détonants reprenait de plus belle. Tom Dean l'infatigable marche sur ses rêves! Dope, trains maraudés, nuits d'acide au coin du feu. Le passé m'enfumait. Uta, Nora, Collie, Bernie, tous mes petits jupons allaient revenir. J'ai ciblé mon attention sur le souvenir de leurs culs. Que ça. J'ai Bogarté des joints sur ce sujet-là jusqu'à la fin de l'après-midi. J'aurais pu écrire mes plus belles pages si j'en avais eu la force.

Un brontosaure semi-remorque a fini par s'arrêter. Ne me demandez pas quelle tête avait le gars qui conduisait. Il était plus tramé que Greta Garbo dans un close-up en noir et blanc. Je me souviens seulement qu'il a essayé de me parler au début. C'était un gars qui en avait besoin. Je l'ai laissé déballer son sac au sujet de sa femme qui vidait des tubes de valium tous les soirs pour éviter de le rencontrer dans ses rêves. Il a pleuré à gros bouillons, à moins que ce ne soit moi. J'ai dormi sur son biceps où voguait une frégate, et après, j'ai gerbé sur le tableau de bord arc-en-ciel. On a écopé une partie de la nuit et quand il a eu marre de nager dans les kleenex et les œufs en gelée de la compagnie Air France, il m'a demandé de sauter dans le vide.

On avait fait pas mal de chemin. En suivant l'herbe mouillée, je suis entré dans une ville. Sur un panneau, elle était marquée VIERZON.

A trois heures du matin, Vierzon était le cimetière le plus satisfaisant que je connaisse pour un éléphant. Il y régnait un vent assez cruel. Les rues étaient vides et les habitants dormaient tous pour ne pas rencontrer l'inhabituel. Un sacré cimetière. On aurait pu venir y mourir à plusieurs. Des baleines, des éléphants ou des bisons. Il y avait largement la place. Et personne pour regarder. Fenêtres closes. Rideaux baissés. Ici, on pouvait agoniser drôlement proprement. Les traces ne seraient découvertes que le lendemain matin, une indifférence bien pratique pour prendre son temps. Comme je n'avais plus rien à fumer, j'ai ramassé six beaux mégots. Je les ai tassés dans ma pipe qui ne me quitte jamais et, pourvu que je me fredonne *Birth of the cool*, j'ai pu maintenir dans mon cerveau une sorte de fraîcheur spirituelle.

J'ai poussé la porte de la gare. C'était le seul endroit ouvert. J'ai traversé la salle d'attente. Les lumières étaient bleues. Et une fois dehors, sur le quai, ça vivait à peu près. C'étaient surtout des yeux de couleur qui regardaient la nuit. Entre cyclopes, ils clignaient des signaux de connivence, verts ou rouges, selon leur humeur. Le brouillard appuyait sur les réverbères de sorte que la lumière était obligée de glisser sur un enchevêtrement de rails humides. Dominés par des caténaires chevelus, on pouvait espérer partir n'importe où vers des destinations électriques. Qu'on soit une marchandise ou un homme on serait toujours expédié vers quelque part. Ça donnait confiance pour envisager le départ. Plusieurs trains sont passés dans le lointain, dont un à reculons.

J'ai marché sur le quai jusqu'à ce que la gare ne s'occupe plus que des marchandises. Près d'un hangar on avait empilé des caisses cerclées de fer. Elles avaient un haut et un bas. J'ai posé mon bas sur le trottoir de ciment et mon haut m'a suggéré que c'était l'heure des retrouvailles. J'ai sorti mon matériel et j'ai retroussé ma manche. En face de moi se trouvait un wagon constellé d'étiquettes. Ses portes coulissantes étaient ouvertes et j'étais sûr qu'on finirait bien par l'accrocher à un train en partance. Seulement alors, j'ai remarqué le chat. Il se tenait à l'entrée du hangar et observait un point situé entre lui et moi. Il louchait. Garrot. Tirette. Le sang aspiré a remonté par le canal de l'aiguille crochue de la seringue en plastique. Il s'est mélangé au nectar de l'héroïne. Le chat ne bougeait pas. Un train a hoqueté un hurlement. Les feux ont changé. J'ai suivi la fusion du rouge qui pénétrait le poison limpide. Pulsar à Vierzon, le sang et l'héroïne s'embrassaient sous les réverbères. J'ai pensé à Gary Hemmings. A sa dernière cordée dans le parc national du Wyoming. Injection. Langue de feu. Flash! La poudre est bonne. Instantanément se creusent de profonds remous. Quelle chaleur! Le chat est immobile. Le wagon de marchandises m'attend pour m'emmener. Soudain, passionnément, la nuque se serre. Le cœur, le cerveau, les jambes sont assiégés. Les endroits de résistance sont renversés par la magie de la puissance. Forêt! Il n'y a plus d'ulcère. La fraîcheur climatique envahit la matière lourde du corps. Les nœuds cérébraux s'ouvrent. Les nerfs se dévitalisent. Ils jouent de la harpe avec une agilité surprenante. Difficile de tenir une comptabilité. Les trains s'accélèrent. Un feu passe au bleu. Le chat creuse ses reins. Je sais ce qu'il guette. Un rat. J'ai vu ses yeux rouges au détour d'une caisse. Il rampe sur le plancher. Une paille, il s'arrête. Il mâche rapidement. Encore les trains. Le chat se fait oublier. Nausée de l'injection. Elle s'amplifie. Se démultiplie. Perce. Je vais vomir. Je pense à la pureté. Je pense à Gary Hemmings. Je suis dans un hôtel. Je tire la chasse d'eau. Je le vois pour la première fois. Nous sommes en 1964. Jamais vu un type d'une élégance pareille. Le Beatnick des Neiges vient de sauver des gens dans les Alpes. Toute la nuit, nous buvons. Il est tellement soûl qu'il perd ses dents sur le plancher. Gary porte un dentier. C'est un peu de sa mort qui traîne sur le sol. Il ramasse le claquoir. Il glisse le goulot de la bouteille entre les dents de porcelaine. Il verse à boire à la prothèse. Ça coule par terre. La bouteille est vide. Le dentier a soif. Nous l'encourageons pendant toutes les bouteilles qu'il boit. Douze bouteilles, il s'enfile, le dentier. Et après, toute la nuit, nous avons si soif. Je tire la chasse d'eau. Le sang remonte à l'intérieur de la seringue. Je repousse le piston. Nouvelle injection. Je ferme les yeux. A Paris, ils ont éteint les sunlights. Tom Dean est une vieille merde d'écrivain qui vient de rater le train de la célébrité. Derrière la caisse, le chat becte le rat dans un cliquetis déshonorant de chair crue et d'os broyés. Je retire la seringue. Une goutte de sang perle aux lèvres du vénéneux trou. Pas froid. Pas faim.

Envie de rien. Désir nul. Plus de mémoire. Congé chimique.

En face de moi, l'Annapurna envahit tout l'écran. Il est d'un mauve tellement renversant que, quand je tombe sur le ciment, Dieu est au rendez-vous.

Un silence d'espadrille

Lucette, garder ses bas, elle n'en avait rien à foutre. Simplement, le Sarde du mardi dix-neuf heures aurait pu s'excuser de les avoir filés. Et puis, embrasser sur la bouche, elle n'aimait pas cela.

Elle se dégagea.

– Tu me chatouilles avec ta moustache.

Elle fit semblant de rire. Elle tourna la tête de côté. Offrit son cou. Sa veine.

Le type se mit à poser des baisers sur sa vie qui battait par là. Il répétait des bêtises. Des insanités au sujet d'une autre femme. La sienne. Il disait que Julietta était une pute. Une salope. Et mille autres noms en italien. Qu'elle baisait avec ses frères. Dieu sait quoi. Avec le chef des carabiniers aussi. Des tas de choses ordurières.

Lucette ne se sentait pas concernée. On peut prêter son corps et pas ses sentiments.

Elle laissa le bonhomme reprendre son va-et-vient. Elle garda un doigt machinal dans le trou qu'il avait fait dans son bas noir. Juste en haut de la cuisse. Encore une paire de foutue. Elle dit :

– Que tu gardes ton pantalon, c'est ton affaire. Mais

tu pourrais quand même retirer ce que tu as dans tes poches.

Il ne répondit pas.

Elle ouvrit les yeux et regarda le plafond. Elle soupira. Déjà deux ans qu'Eusebio Spanno venait sur son ventre.

Au début, il venait par hygiène. Maintenant, c'était par désespoir. Il avait perdu son entreprise de carrelages. Chômeur, le Sarde! Elle se demanda où il trouvait le fric pour continuer à venir.

Le soleil couchant faisait une irrisation sur le lustre. Sur la rose qui ornait le lustre. Il devait être dix-neuf heures trente. L'habitude.

Le type était reparti pour un tour.

Elle posa sa main droite sur ses reins. Un geste doux pour le guider. Elle sentait sa chaleur augmenter. Elle émit une plainte de courtoisie pour l'aider à conclure. Au lieu de cela, il s'arrêta net. Il décolla son visage en sueur du cou de la jeune femme. Il la regarda de ses yeux rougis.

– Né dis rien, dit-il. Zé veux bien payer plou cher. Ma zé veux pas t'entendre.

– Bon, comme tu voudras. Mais finis vite.

Le type reprit sa danse au fond d'elle. Il avait dans les cinquante balais. Une technique de vieux montagnard. Il s'arrêtait parfois. Essoufflé. Elle pouvait sentir battre son cœur.

Il reprenait. Il soufflait. Elle laissait faire.

Elle était ailleurs.

Elle pensait à l'homme du train. Elle pensait à lui. A ce type blond, avec un rire pas possible. Des chemises

Lacoste et son pull-over jeté sur le dos – les manches nouées autour du cou comme un cache-col. Vachement désinvolte. Le taper d'une cibiche, elle avait pas pu se retenir. Les yeux qui se croisent au-dessus d'une flamme, qu'est-ce qu'on y peut ? C'était comme dans « Confidences », il riait avec les dents du bonheur.

C'était il y a deux mois à peine. Train Bleu en revenant de Nice. Lucette était bronzée. Tout le mois de septembre, elle avait lu *Elle*. Vacances avec sa fille. Minouche une fois par an, elle y avait droit, je pense. Le matin même, elle avait ramené la petite chez sa nourrice. Grosse-Mamma-Lune, quartier Saint-Charles à Marseille.

Elle se sentait presque neuve, Lucette. Le luisard et la mer, à vingt-huit ans, excusez-moi, ça décrasse. Les passes en studio, ça se voit presque pas. D'ailleurs, dans cinq ans, elle raccrocherait. L'amour tirelire, finish ! A trente-trois piges, elle oublierait. Elle achèterait un petit magasin. Un Prénatal. C'était dit. Le paysage défilait en hurlant. Elle imaginait des layettes. Rien que du rose et du bleu, elle avait pas peur. Lyon-Perrache, une vie toute simple. Et cinquante cent, je vous remercie. Elle épouserait un vieux gentil pour donner un nom à sa fille.

Pour quelques heures encore, Lucette était Marcelle. Marcelle Bourdelin. Elle était habillée en blanc comme une personne. Elle était à elle. Rien qu'à elle. Et sur la banquette en face, vrai salaud, il riait avec les dents du bonheur.

Il l'avait sautée dans les chiottes. Debout dans les. Pas romantique en somme. Mais franchement, ils n'avaient rien vu d'autre que leurs corps. Les amants ont les yeux entièrement tournés vers l'intérieur d'eux-mêmes. Ils avaient pris la direction d'un interminable vertige. Elle aurait voulu qu'ils n'en finissent pas de voyager l'un dans l'autre.

Quand il la prit, en gare de Vierzon, une minute d'arrêt, ce fut une note si juste, qu'elle aurait voulu cesser de vivre plus loin. « C'est la première fois que j'aime », se dit-elle. Et elle eut envie de forcer les limites de sa témérité.

– Aime-moi, lui dit-elle.

Le jeune homme resta immobile. Cierge. Il la regardait bizarrement. Son sourire s'était figé. A mi-chemin de la gaîté, il lui restait en bandoulière du visage une crispation artificielle. Elle donnait l'illusion du bonheur, mais tout son regard disait le contraire de la lumière.

Le train repartit.

– Depuis quand as-tu cela ? demanda-t-il en palpant son sein gauche.

Il n'accomplissait pas un geste d'amour. Ces gestes-là sont improbables et fortuits. Le sien était plutôt un palpé. Le pouce et l'index étaient précis. Accompagnés par le médius. Le regard était clinique. La sensation sous la peau était glace et douleur.

Perdue dans les ténèbres, Lucette ne comprenait toujours pas.

– Cette grosseur ? Depuis quand ? insista le blond au sourire éternel. Je suis médecin... Tu ne t'es aperçue de rien ?

Deux mois déjà.

Depuis, elle était devenue quelqu'un en rêve. Elle

refusait cette autre elle-même, différente et amoindrie. Elle n'irait pas à l'hôpital. Au seuil de la nuit, elle avait choisi le vide. Elle s'était mise à détester sa chair vulnérable et corruptible. Théâtre de cruauté et d'ignominie. Elle s'empiffrait. Des glaces, du chocolat, et encore des glaces. Elle mangeait de la crème. Du beurre. Des bonbons. Une boulimie d'acharnement. Pour vivre. Pour profiter. Pour éloigner la trame monstrueuse du complot. De la mort et de la charogne.

Les mots ne lui faisaient plus peur.

Soudain, le Sarde se laissa tomber sur elle. Il était épuisé. Il se mit à sangloter. Par petits râles. Un chagrin d'impuissance contre son oreille.

– Tu veux que je t'aide, Eusebio ? chuchota-t-elle.

Elle posa sa main sur la nuque de l'homme. Elle passa ses doigts dans ses cheveux. Ils étaient ses enfants dans ces moments-là.

– Non ! Zé veux y arriver tout seul. Et zé veux qué tou la boucles ! s'énerva-t-il.

La colère, l'humiliation cabrèrent ses épaules. Il se redressa. Il ôta brusquement son pantalon. Sa chemise. Il portait une croix autour du cou.

– Avec Zulietta, z'y arrivais, Spanno ! Z'y arrivais trois fois ! Quatre ! Pourquoi elle écrit plou ?

Il se mit à nouveau à bouger en elle. Il était plus brutal. Il lui faisait mal pour se faire du bien. Un bien désespéré. Tout proche de la mutilation.

– Eh ! doucement, dit-elle. Je ne suis pas un sac de sable.

Il continua. Il se jetait contre elle. Il faisait comme si

son sexe était une arme. Il prenait son élan. Il la perçait.

– Tu entends? dit-elle encore. Faudrait pas me prendre pour une poupée gonflable. Je suis un être humain.

Il ne répondit pas. Il était concentré sur lui-même. Seulement sur l'afflux de son sang. La tête lui faisait mal. Il vint en elle à force de colère. Elle était restée froide. Il tomba brusquement en cendres. Il redevint chiffe et moins que rien. Mollesse. Fatigue extrême. Il avait les traits tirés. Il éprouvait le besoin d'exprimer sa délivrance. Les hommes sont si rassurés quand ils ont lâché leur semence.

Il posa sa main sur sa hanche.

Une fois, elle se souvenait, il avait apporté une bouteille de Valpolicella. Pour arroser son premier chantier comme patron.

– Merci, dit-il à côté d'elle.

L'obscurité les protégeait l'un de l'autre. Pas de comptes à se rendre. Pas de formes à leurs corps.

– Merci pour tout, répéta-t-il.

Elle sentit qu'il se levait.

Elle entendit le froissement des billets de banque qu'il posait sur la table de chevet.

Elle devina l'éclair blanc de ses fesses qu'il rentrait vivement dans son pantalon. Il enfila ses espadrilles debout. Il passa son visage à l'eau. Il avait un peigne dans sa poche arrière. Il posa avec soin sa casquette sur sa tête bouclée. Il lissa ses moustaches en regardant la ville.

– *Piove,* dit-il d'une voix rauque. Si tou es triste, il pleut toujours.

Un silence d'espadrille

Elle l'entendit à peine partir. Un glissement dans le couloir. Un silence d'espadrille.

Elle ouvrit la bonbonnière et ferma les yeux. En rêve, pour quelque temps encore, la vie était un jeune homme blond avec les dents du bonheur.

Le pogo aux yeux rouges

A Gilles Béhat

Qui était-il? D'où venait-il? Pourquoi m'avoir choisi plutôt qu'un autre?

Un matin, à l'heure où les bouches sentent le café noir, il s'est approché de moi dans la rue.

– Paye-moi un coup, môme La Fayette, a-t-il dit. Tu ne le regretteras pas.

Le bord de ses paupières semblait fardé de rouge. Vous ne pouviez pas le regarder sans avoir l'impression que vos propres yeux allaient se mettre à saigner. Il était en smoking, un habit dont la jaquette était lustrée par l'usure. Le pantalon gancé était rentré dans une paire de bottes en caoutchouc. Des bottes à l'Aigle, il a précisé. Inusables.

On s'est dévisagés. Paris au mois d'août, il faisait une chaleur d'enfer. Nous, au bord du trottoir. Lui, les mains pendantes. Le sang au bout des doigts. Ça aurait pu durer des heures. Il ne bougeait pas. Une patiente mélancolie s'était mise à suinter de son regard d'alcoolique. Il attendait que je me décide. Il souriait presque.

– Je sais que les cargos qui traversent l'Atlantique transportent aussi des mouches, a-t-il fini par dire, mais moi, ce que je trimbale est autrement plus lourd. Je te jure que c'est énorme! Énorme! Et t'as drôlement intérêt à m'écouter.

A cette époque-là, vingt-trois hivers à peine soufflés, j'étais jeune journaliste. J'aurais donné n'importe quoi pour être un glaïeul. Gagner l'étape. Avoir une peau à neuf vies. Être Jack London. Sucer du Pulitzer. Ou faire la pige à Ring Lardner. J'étais doué d'une personnalité assez entreprenante en somme. J'étais plutôt teigneux sur le métier. Rien ne me rebutait.

J'ai baissé les yeux sur ses bottes. Ce type-là, je sentais bien, malgré la merde qu'il puait à la chaleur, avait la blancheur sucrée du lait maternel. Parole, j'avais confiance en lui. Il contenait quelque chose.

– D'accord, j'ai fait. Je veux bien m'asseoir à la même table que vous. Mais ne me demandez pas de boire dans votre verre.

– Bien vu, môme La Fayette, a-t-il apprécié, je porte sûrement en moi assez de microbes pour couler un porte-avions, mais ça n'est pas ça qui doit arrêter ta gourmandise.

Il a émis une sorte de ricanement désaccordé. Chez lui, la gaieté n'avait pas de résonance intérieure. Elle affichait juste un aspect physique. Elle retroussait les joues, comme c'est l'habitude pour exprimer la joie et d'autres sentiments du même acabit, mais elle s'assortissait d'un peu d'écume blanche au coin des lèvres.

– Tu verras, journaliste, a-t-il promis, quand je t'aurai raconté ma merde, tu penseras plus à t'essuyer.

Il a ramassé brusquement le sac de voyage qu'il avait posé près de lui. Il a fait floc dans ses bottes de caoutchouc et s'est apprêté à traverser la chaussée au milieu des bagnoles.

– Eh bien! Je t'attends, mother fucker, il a dit.

Et il s'est tendu comme un athlète qui prend ses marques.

Devant lui, le macadam fondait. Déjà mélasse, malgré l'heure matinale. C'était l'heure des bureaux. Les rues étaient en crue. Ça déferlait sur le trottoir d'en face. Rien que des secrétaires.

– Je t'attends de l'autre côté, il a dit. Et si t'es pas là dans un quart d'heure, je ne te parlerai plus jamais.

Il s'est jeté dans le courant de la circulation. Et alors là, les automobilistes, ça n'a pas traîné. Ça bitonnait dans tous les sens. Mais c'était à ces gars-là qui faisaient de la vitesse et qui avaient des situations de se faire de la bile. Pas à lui. Parce qu'il était juste un putain de pogo aux yeux rouges, il ne cherchait pas à les éviter.

Une fois à pied sec de l'autre côté, il s'est posé devant un snack-bar qui affichait Filet O'Fish, Cheese Burger, et Big Mac à toute heure. Il m'a regardé prendre le passage clouté. Il a haussé les épaules avec un réel sentiment de commisération et il est entré dans le rade sans m'attendre.

Je l'ai retrouvé en haut d'un tabouret. Il était déjà comme chez lui. Le nez patate, mouillé de sueur dans ses fripes, il a fait un clin d'œil mortel au garçon :

– Vivons un peu au-dessus de nos moyens, Mac, lui proposa-t-il. Sers-moi donc une grande bière belge et verses-y un verre de schnaps.

Pendant que le loufiat s'escrimait devant sa glacière, il s'est tourné vers moi. C'était comme s'il m'évaluait pour la première fois à ma juste valeur.

– Trois jours que je te suis, il a dit. Et c'est toi que j'ai choisi. Ne me déçois pas.

Le haut, la chemise Lacoste et la veste lui ont paru passables. Par contre, mes pantalons de toile pochaient un peu aux genoux. Ça n'a pas eu l'air de lui faire tellement plaisir.

– Est-ce que tu as de l'argent, au moins? a-t-il demandé. Parce que nous allons en dépenser un peu.

Sans me demander mon avis, il a plongé sa main dans ma poche intérieure. Il en a sorti mon portefeuille et il l'a ouvert avec dextérité. Il en a extrait quelques billets de cent et les a transfusés dans sa poche. A part les ongles noirs, il avait des mains de harpiste.

– Je te taxe, il a dit. C'est pour ton bien. Parce que je ne voudrais pas commencer à te déballer mon histoire et que tu m'interrompes au beau milieu en me disant que tu n'as plus les moyens de me payer la moindre bière.

Il a englouti la moitié de son demi sans fermer ses yeux rouges, pour bien me montrer de quoi il était capable. Il m'a souri délicieusement pour sa laideur. Il n'a rien fait autour de ses lèvres pour que la mousse cesse de lui faire la gueule d'Al Johnson. Il s'est regardé furtivement dans une glace et, comme s'il perçait ma pensée, il a demandé :

– Sais-tu seulement où est né le jazz?

Il tombait mal. Jimmy Noone, Albert Nicolas et Johnny Dodds sont mes copains de la Louisiane.

– A Storyville, j'ai répondu. 1208 Bienville Street. Dans le quartier des maisons closes.

Il n'a rien remué sur son visage. Mais j'ai vu dans sa façon de finir sa bière qu'il était touché en dessous de la ligne de flottaison.

– Dis-moi qui est Buddy Bolden, il a fait, et je reprends une bibine sur-le-champ.

– Le roi des cornettistes, j'ai dit. Et après lui, la couronne est passée à Joe Oliver.

– Ah! il a fait.

Il a refait ah, en mettant la main sur son cœur.

– Ah! Merci, fils! il a fini par dégoiser. Tu me rayes la tête de bonheur! Dis à la lune qu'elle vienne! Je crois bien que je vais aboyer!

J'ai prié le ciel pour qu'il ne le fasse pas. Il n'en a pas eu l'occasion parce qu'il s'est noyé la tête trois fois de suite dans son breuvage infernal. Il avait les yeux un peu plus glaireux, mais le tour de ses paupières était toujours d'un beau rouge vif.

– Tu verras, La Fayette, il m'a rassuré, le schnaps, c'est un investissement. Ça ne se voit pas dans ton verre de manière objective, ça dénature à peine la couleur, mais ça essore bien tout ce que tu as de vital à l'intérieur. Le foie, tu vois, ça le tord proprement. Et si tu as la patience pour encore une bibine, je vais sûrement te donner toute satisfaction et étaler toute ma merde au grand jour avant qu'il soit longtemps.

Il a bu encore un demi-litre de dynamite et il a tenu parole. Il est allé tout de suite à l'essentiel. Il a dit avec un sérieux épouvantable :

– Pour l'état civil, je suis un type mort depuis bientôt dix ans.

On a bu encore treize consommations en changeant trois fois de bar. Il a cassé la gueule du gérant d'une station-service où j'ai dû abandonner ma voiture pour échapper à un chien-loup. Et une heure après, on s'est retrouvés devant sa tombe.

On avait pris un taxi à mes frais. C'était plus économique. Il a trouvé le cimetière assez gai pour la saison. Les arbres, il faut dire. Paisibles ombrages. Des merles qui rouscaillaient à tous les carrefours parce qu'on les dérangeait. Des allées. Des divisions. On a tourné à main droite, puis deux fois à gauche. Il a eu un geste triomphant en s'arrêtant au pied d'un if. C'est là qu'il était enterré. Il a fait remarquer qu'il était à l'ombre le matin. Il venait se rendre visite de temps à autre.

La dalle était spacieuse. Il aimait assez les petits anges de chaque côté. C'étaient Jim et Bob. Ces deux-là avec leurs bras potelés lui faisaient penser à une réclame de lait en poudre.

Jim et Bob tenaient une banderole. En lettres d'or son nom était gravé dans le marbre. Il s'appelait Alphonse Tourpe.

– Maintenant, je m'appelle Zacharie Blue, m'informa-t-il.

Il était né en 1933. Il avait été ravi à l'affection des siens le 17 mai 1975.

– C'était un mardi pourri, précisa-t-il. Pluie et tempête. Dieu qu'il pleuvait! Personne étanche!

Et il se mit à pleurer. Bière et schnaps.

Il m'a tout fait ce jour-là. Et même plus. Il a pissé sur sa tombe. Il a insulté des gens sur le boulevard :

– Foireux! il leur assenait. Faux-fuyards! Tartissures infectées! Raousse! Foutez le camp! Me rencontrez pas! Mettez les bouts! Les adjas! Ou je vous gonfle le cul! Je vous rarrange la gueule façon indélébile! Filez, salauds! Vous mêlez pas des affaires de nous!

Des gens qui ne lui avaient rien fait. Des inconnus. Des pékins qui ne demandaient rien à personne. Je ne savais plus où me mettre.

– Les cons, ça me met en eau. En furie tremens. Tout en vapeur.

J'ai regardé le vide autour de nous. La vie n'était plus normale. Elle ne repoussait pas sur son passage.

– T'as envie de te barrer? Hein?

Il s'est assis sur le trottoir. N'importe comme. Où ça tombait. Il a grincé des dents. C'était horrible à supporter.

– Crois pas que j'ai toujours été de cette violence extrême, môme La Fayette, il a dit avec une douceur retrouvée par miracle.

Ce type-là, Zac, dégoûtant, je vous jure, il retrouvait comme il voulait. Il passait d'un extrême à l'autre avec une laxité de manipulateur de cartes.

Il est venu à bout sans peine d'un léger tremblement. Il a balancé un sourire d'enfer à une jeune Noire qui passait devant lui. Elle lui a répondu avec de la lumière sur le visage. Malgré sa laideur à vomir, il incrustait une humanité terrassante. Vous ne pouviez pas lui échapper.

Il a poussé un soupir. Il s'est recampé sur ses jambes. Floc, il m'a regardé. Putain, j'étais mort entre les deux yeux. Il a posé ses ongles sales sur ma main. Il a dit avec une grande persuasion :

– Montre-moi tes dents, s'il te plaît.

Un rien maquignon, il a tâté aussi mes muscles. Il a paru satisfait.

– C'est bien, il a dit. Même après bibine, t'as pas l'air trop fatigué.

Il a désigné un bar qui se trouvait juste en face. On s'est juchés sur des tabourets.

– Dépense encore un peu d'argent, il a fait, et je te raconte la suite.

Il a vu mon manque d'enthousiasme. Il a eu un rire fataliste.

– Je suis lourd à porter, hein? il m'a défié. Eh ben tire-toi! Bats la route! T'es pas capable de suivre! Vire!

Il m'a poussé dehors. Il est remonté sur son tabouret.

– La merde! il a fait. Si tu me payais un saxo tenor, je te ferais voir ce que je sais faire! Je suis capable de souffler une saloperie de musique pleine de gloire et de sagesse. Et ça crie à faire peur!

Il avait l'air vraiment triste. Il a eu un geste pour me rappeler.

– Allez reviens! Je t'ai choisi. Laisse pas tomber.

Ses yeux rouges, j'en pouvais plus.

– Tu me fais chier, j'ai dit.

Et je me suis mis à courir.

Le lendemain, il m'attendait à la sortie du journal. Il n'était ni meilleur ni pire. Ses yeux s'acharnaient toujours à vous faire saigner. Il a dessiné un bon sourire amical en me voyant.

Moi, j'étais pas d'humeur :

– La jambe, mec! Lâche-moi la piste, j' veux plus t'entendre!

Ça ne l'a pas découragé. Il s'est installé à côté de moi. On marchait de plus en plus vite. N'importe, il suivait. Larme à l'œil, presque. Tout mélancolo. Navré. Locdu de fond en comble dans son habit de carnaval.

– Arrête de jeter la grêle, il a fait. Écoute l'histoire de ma vie.

– Pas la peine, j'ai dit. Retourne à ta picole! Crève au goulot et laisse-moi vivre!

Il a pris l'air vexé :

– Tu sais, j'ai pas tout de suite pris l'habitude de la gobelette, il a fait. Je suis pas devenu afficionado de la bibine par déchéance ordinaire. Rien à voir avec les épaves Kiravi, ravinés du Bercy-bien, 14-qui-gratte et la manche dans le métro! Non! Rien à voir! Si j'en suis où j'en suis, c'est parce que je suis devenu voyageur...

Il s'est redressé :

– Voyageur volontaire! Un choix! Explorateur. Et crois pas! Je suis jamais soûl! Seulement perdu. Je dérive! Je m'expatrie. Partance! Je traverse sur mon petit radeau personnel. Je croise au large des autres...

On s'est arrêtés. C'était dix-huit heures. Cette fois-ci, ça sortait des bureaux. Un fleuve. Il a regardé ceux qui passaient autour de nous.

– Mince d'occupe! C'est drôlement coton d'inspecter les autres! il a constaté. C'est une époque où ils le souhaitent pas. Personne s'arrête. Ils passent. Ils passent. A peine si tu peux les compter.

Il s'est remis en marche le premier. Il allait vite. Il s'est retourné juste une fois, pour voir si je suivais.

– Je vais te montrer où j'habite, il a marmonné. C'est du provisoire...

Il a poussé la porte d'un immeuble en vieil habitué. C'était une ouverture pas tellement visible sur le côté de la gare Montparnasse. On est entrés. Il faisait sombre et à l'intérieur, vous étiez étonné parce que c'était une chapelle de béton.

Posé près du tabernacle, l'œil de Dieu rougeoyait. Le pogo s'est tourné vers moi. Il a pointé son index vers ses propres orbites qui saignaient de la même couleur. Il a souri avec dérision. Il a montré le ciel. Il a chuchoté : C'est le Grand Cézigue qui m'a recueilli. J'y dois tout.

– Le vivre et le couvert. Le coucher et le séraphique. J'ai une chambre donnant sur paradis. Juste derrière la sacristie...

Il a contourné un piano qui était le long du maître-autel. Ses mains ont galopé sur quelques notes. J'ai cru reconnaître les premières mesures de *Take the « A » Train*. Il s'est avancé au milieu des chaises. Il m'a montré tout ça. Le béton.

– Saint Bernard, ça s'appelle c't' ouvrage, il a chuchoté. C'est moi le bedeau. Depuis un an. Je suis en location-dette.

Il connaissait bien. On est passés dans la travée latérale. Dans le renfoncement d'une niche, un homme dormait, allongé sur un banc. Sa tête reposait sur un sac marin. Cache-col. Brodequins. La saison importait peu. Il avait tiré un bout de rideau pour dormir en paix. On a rencontré une vierge en bois. On a marché jusqu'au mur du fond où, en levant la tête, on pouvait déchiffrer la vocation de ce lieu saint, gravée dans la pierre. C'était écrit :

Allez. Annoncez l'évangile!
Pour ceux qui passent, travaillent, voyagent,
La chapelle Saint-Bernard existe.
Prière, accueil, échange.

Le logo semblait fier de montrer sa demeure. Il désignait les phrases sur le mur avec une longue baguette sortie de je ne sais où. Il la tenait à bout de bras, comme un instituteur qui fait ânonner un texte à des élèves rétifs devant un tableau noir. Il n'ouvrait pas sa grande gueule. Il suggérait seulement les mots comme s'il les épelait. Il faisait le poisson-tanche avec sa bouche. Il a désigné la dernière ligne :

Venez à l'écart du monde.
Reposez-vous un peu!

Il a hoché la tête avec la même véhémence qu'Harpo Marx. Tout est devenu aussi fou que dans *Un jour aux courses*. Ses yeux roulaient. Il m'a montré le clochard. Il a mimé son sommeil. Il m'a fait comprendre qu'il était calme comme un enfant. Comme un Jésus. Jésus, oui! C'est ça. Stop! Il a tout effacé. Il est reparti dans une autre embrouille. Je suivais? Oui. Okay, je suivais. Il a suggéré des cloches. Ding dong, oui. Des ailes. C'est ça! Floc floc en volant. Sourire extatique. Ange. Vu? Il était sur un petit nuage bleu.

On a remonté la travée où alternaient des extincteurs Harden et des toiles abstraites signées Blot, 1972.

Soudain, le togo a eu comme une faiblesse derrière

les genoux. Il est parti en quenouille. Une espèce de génuflexion hâtive et nullement contrôlée. Il a fini par se caler. Un visage jeune, dévoré par des yeux sombres se tenait à sa hauteur. Au début cette face de lune avait l'air suspendue dans le vide. En s'approchant, elle était posée sur les épaules d'un homme en jeans. Il portait une petite croix épinglée au revers de son polo. Le type souriait avec bienveillance. Il tenait un trousseau de clés.

– Bonjour Zacharie.

– Bonjour Louis.

– Voilà trois jours que je ne t'ai pas vu.

– Hummmvouais.

– Où étais-tu ?

– J'ai été embarqué par une mauvaise vague, mon père.

– Tu as négligé ton travail, Zacharie.

– J'ai carburé bibine, reconnut le pogo.

Il résistait mal aux remontrances de l'homme de Dieu. Floc.

– Samedi, il y avait le café-rencontre avec le tiers monde. Tu as omis de venir.

– Je le sais. J'étais à la chasse à l'espère. Il me désigna : J'ai trouvé celui-là.

– Les gens sont venus nombreux, poursuivit le prêtre. Ils ont posé des questions embarrassantes. Avec ton expérience, tu aurais pu m'aider à me tirer d'affaire.

– Pas sûr, dit l'autre. Je ne suis qu'une merde.

– Qui a dit cela ? Je comptais aussi sur toi pour jouer de la musique. Ça fait glisser Dieu. Ils l'avalent mieux.

Les yeux du pogo se sont mis à briller.

– Je vous ai manqué, mon père?

– Dis plutôt que tu as manqué au Seigneur.

– Ça m'ennuie assez ce que vous dites là, dit le pogo. J'aime pas faire des saloperies au propriétaire des clés.

– Arrange-toi avec lui. Maintenant, c'est ton affaire.

Le pogo s'est rembruni.

– Vous me foutez dehors? Attention! Vous n'êtes que le gérant!

Et comme le curé s'apprêtait à répondre, il l'a arrêté avec un geste d'avocat.

– Hop là! 'ttendez donc! il a fait. En traînant par les rues, j'ai pas tout à fait perdu mon temps...

Sur le mode confidentiel, il a chuchoté en montrant le ciel :

– J'ai un tuyau pour LUI. Ça pourrait l'intéresser pour le Grand Soir...

– Ah? Et qu'est-ce que c'est, Zacharie?

Le pogo s'est avancé vers le prêtre. Il s'est penché comme les amants qui n'ont rien à dire de vraiment secret, mais se parlent à l'oreille.

– Le monde va être jugé par les ivrognes, il a déclamé avec emphase. Officiel.

Il a roté bière, par inadvertance. Il a susurré :

– Avec mes excuses, Louis.

Il a reculé. Il m'a tiré par la manche au passage.

– Sûr que je suis viré après ça, il a pronostiqué.

Il a démarré sans prévenir. Floc, floc, il faisait vibure vers la sortie. Une fois dehors, la rue au pouvoir, il a porté la main à son gosier. Il a avalé avec difficulté.

– Paye-moi un coup, petit mousse, il a suggéré.

Emmène-moi sur la mer et je te raconte la suite. Allez, a-t-il tangué, file-moi l' train, début de marin! Suis! Dépêche avant que je gîte! Embarque! Le port est pas bien loin!

On s'est retrouvés dans la salle des Pas-Perdus de la gare Montparnasse.

– Merde, il a fait en regardant sa main comme s'il la connaissait pas, elle tremble! Merde, il a répété, ça me fait chier pour Louis! D'habitude, c'est un curé-remorqueur qui craint pas la houle et j' m'en voudrais de lui avoir fait du tort. Merde, il en finissait pas de répéter. Mais aussi! il a dit, il fallait bien que j' m'occupe des affaires de moi!

– Quelles affaires? j'ai risqué.

– Bonne question, journaliste.

Il ne tremblait plus. Il m'a montré le bistrot situé devant nous et qui affichait : *Le Dolmen*, bar américain.

– Direction nord, il a décrété. Bien mené, on devrait être là-bas avant midi.

Cent quarante-deux pas plus loin, on était coude à coude devant le comptoir. Ça ne changeait pas énormément de la veille. Toutes affaires illico cessantes, il a planté sa trompe dans la mousse d'une gueuse Lambic.

– Quand est-ce que je vais bien pouvoir rejouer les vivants? il m'a demandé à brûle-pourpoint.

– Dites-moi plutôt comment vous êtes mort, je me suis permis.

– Dans un accident de la route, me renseigna-t-il aussitôt.

Il a dû penser que ça méritait une explication supplémentaire :

– Simple, môme La Fayette. Ça n'est pas moi qui étais au volant de ma bagnole le soir où elle a brûlé. Seulement le type à qui je l'avais prêtée.

– Qui était-ce ?

– Cet abruti de Zacharie Blue, of course. Je le connaissais depuis quelques heures et je crois bien qu'on avait picolé comme des martyrs. Il m'a emprunté la bagnole et moi, je lui ai emprunté la clé de son appartement pour me reposer en attendant qu'il revienne... Jamais revenu, l'imbécile ! Le méchant con à roulettes !

Le pogo a fait un signe pour qu'on renouvelle son breuvage. Il a laissé dériver ses yeux sur les voyageurs qui couraient vers le train 147, Nantes-Le Croisic. La voix d'oasis d'une hôtesse a traversé le hall en diagonale. Elle a dit : « M. Boutel est invité à se présenter à la porte 16. » Ça s'est terminé par un crachouillis merdique.

Le logo s'est marré.

– Un gars drôlement combustible, Zacharie Blue, il a apprécié. Le salaud a brûlé jusqu'à l'os pariétal. Tout ce qu'on a ramené à ma veuve, c'est un petit tas de cendres, le saint Christophe du tableau de bord et une boucle de ceinture.

– Mais... Votre femme aurait dû s'apercevoir que ce n'était pas la vôtre !

– Vivante salope ! Chienne à deux nichons ! Elle s'en est aperçu, bien sûr ! Je ne porte jamais que des bretelles !

– Alors pourquoi n'a-t-elle rien dit aux flics ?

– Ça arrangeait Georgia que je sois mort.

– Et vous ?
– Oh moi ! ça ne me dérangeait pas.
– Pourquoi ?
– Parce que c'était une période où je ne tenais pas spécialement à la vie. Je n'y ai jamais tenu d'ailleurs... Ou alors, juste le temps de lâcher le trapèze... Je parle de l'époque où je faisais encore de la voltige sur le ventre de Georgia.

Il sourit :

– J'aimais bien me lâcher au-dessus d'elle. Vous tombiez vraiment de haut quand vous baisiez Georgia.

J'ai repris sa métaphore. Ça m'aidait à ne pas briser le fil :

– Vous ne faisiez plus de trapèze avec elle au moment de l'accident ?
– De moins en moins. Elle n'avait plus besoin de moi pour être heureuse. J'étais supplanté. Charles-Henri avait sorti l'as de cœur... C'est lui qui donnait les cartes.
– Et vous laissiez faire ?
– Pas ! J'avais menacé, pensez bien ! Ni plus ni moins que tout le monde. J'avais dit : attention tous ! Un jour, je serai tellement méchant de chagrin que je tuerai quelqu'un. Et ça ne me fera rien ! Ni froid ni chaud ! Ni bleu ni rouge ! Rien ! Là-dessus, voyez l'avanie, c'est moi qui passe l'arme à gauche !
– Comment l'avez-vous su ?
– Le lendemain, en me réveillant avec une sacrée gueule de bois. Imaginez : j'étais dans un studio que je ne connaissais pas. La bibliothèque était pleine de livres que je n'avais pas lus, le frigidaire déconnait et la radio

disait que j'étais mort sur l'autoroute de l'ouest. Au début, ma langue était si épaisse que je ne l'ai pas cru. Je suis revenu à tâtons juqu'au lit et je me suis rendormi pour trois jours.

– Vous n'avez pas réapparu ?

– Le quatrième jour, j'ai téléphoné à ma femme. Georgia m'a donné rendez-vous dans un hôtel japonais du front de Seine. A la nuit tombante, je l'ai rejointe. J'ai essayé de recoller les morceaux. D'être aussi vivant que possible. Mais elle n'y tenait pas. Elle m'a annoncé mes obsèques pour le lendemain.

– « J'ai besoin de toi, elle a dit. Il faut pas passer à côté de ce qui nous est offert. » Moi, j'aurais aimé profiter de la situation pour faire un tour de trapèze. Devenir intéressant, merde. Oublier Charles-Henri. Me lâcher une bonne fois sur le ventre de Georgia. Elle était nue. Elle le faisait exprès. Elle avait enfilé son costume de cirque Deux seins tendus comme au bon vieux temps. On était grimpés tout en haut du chapiteau. Les tambours roulaient. Les têtes étaient levées vers nous. Bon dieu, il n'y avait plus qu'à se jeter dans le vide. Georgia était plus belle que l'enfer. La chambre n'y suffisait plus. Elle a fermé les yeux. Elle a ouvert ses cuisses à la page du sexe. Elle a fait les gestes de l'extase et je me suis lâché une bonne fois dans le vide. Ça n'en finissait pas de tourner. Je remontais là-haut comme je voulais. C'était vivant. C'était liquide. Je criais. Elle me griffait chaque fois que je passais à sa hauteur. Nous avons fini la nuit au pied d'un bonzaï. De temps en temps, pour faire illusion, Georgia grimpait aux branches du micocoulier nain. Elle criait : « Notre amour bouge encore ! » Moi, j'étais prêt à une vie miniature et totalement horizontale. Là-dessus...

– Là-dessus ?

– Elle m'a parlé de l'assurance-vie.

– Vous aviez souscrit à une assurance-vie ?

– Oui. Georgia m'offrait de partager avec elle. A condition de rester mort, bien entendu.

– A condition de la perdre ?

Il ricana :

– Jamais pu tirer un coup depuis cette fameuse nuit, figure-toi. Chaque fois que je me trouve devant un trou de femme, je revois les dents de Georgia. Un sécateur. Et je déroute entre les jambes. C'est comme ça que mes yeux sont devenus rouges. A force de regarder ma honte dans la glace, petit. A force.

Il a laissé tomber ses bras.

– Longtemps, j'ai plus senti mon corps, il a murmuré. A ce moment-là, t'aurais pu me faire n'importe quoi. Me greffer un cœur de babouin, me customiser en boîte à idées noires, m'implanter des glandes lacrimales de crocodile ou me brancher une prise Péritel. J'étais naze. Déchiqueté, épavé, défoncé. Stoned.

– Et l'argent ?

– Bonne question, fils. J'ai jamais voulu du maudit fric. Je lui ai dit qu'elle pouvait tout garder. Le fric et Charles-Henri.

Il est descendu de son tabouret.

– Après l'hôtel japonais, je suis retourné à l'appartement de Zacharie. J'ai trouvé son passeport et je suis parti pour l'Amérique. J'y suis resté sept ans. J'ai trouvé un engagement sur la côte ouest. J'ai soufflé tous les foutus soirs dans un sax ténor pour le compte de Jabbo Smith. Et je n'ai jamais oublié Georgia.

Il s'est tu. Il est resté carpe un moment. Graduellement, il a fait mouvement derrière le comptoir. C'était une attitude si bizarre, tellement inattendue, que ni moi ni le patron ne réagirent.

– Il faut que je fasse quelque chose pour moi, a dit le pogo.

Il s'est immobilisé devant les étagères. A verres, à tasses, à apéritifs. Et il a commencé à tout balayer. Ça faisait un bruit de casse auquel personne aurait pu croire. Le taulier, plutôt costaud, a posé son torchon. Sa bouche s'est ouverte vers le bas. L'air incrédule, il a commencé à rouler en direction du forcené. Il avançait avec un nerf de bœuf qu'il avait attrapé en route.

– M'approche pas, a fait le pogo au limonadier, j' te jure que j'existe à l'état sauvage.

Et comme l'autre tenait pas compte, il l'a ouvert d'un coup de boule.

Après ça, tout s'est mis à ressembler à un abattoir. Le bistrotier arrêtait plus de faire tomber sa matraque sur la tête du pogo. Il voulait l'ouvrir. C'est devenu déraisonnable. Zac avait seulement un reste de front à force de se le faire taper contre le zinc. Son nez avait éclaté depuis longtemps. Toute cette sauvagerie s'est ralentie quand il a glissé dans la sciure comme un vieux canasson. Il est tombé sur les genoux. Equarri net.

On aurait pu penser que la brutalité et le malheur finiraient par se lasser, mais c'est le temps qui s'est mis à devenir le malheur. Au fur et à mesure qu'il passait, le pogo s'est mis à hurler. Il hurlait tout ce qu'il avait de peine et de douleur. Il y avait le nom de Georgia qui revenait. Il était mêlé à des dégobilles de sang et de morve innombrables. Il revenait. C'était un hourvari du cœur. Une boucherie de pitié intérieure. C'était bien trop affreux pour être entendu. Même par un con méchant comme ce bistroquet-là.

– Emmenez votre poubelle, il m'a fait l'Auvergnat. Sa voix était couleur blanche. J'y touche pas, moi, à votre souillure. Trop dégueulasse à soulever.

On est partis, le pogo, moi. On laissait des traces rosâtres derrière nous. Un sillage. Un remugle. Et je ne savais plus ce qui était bien, ce qui était mal. Ce qui puait le plus, ce qui saignait d'avantage. Les gens se retournaient sur nous. Le pogo s'appuyait de toutes ses forces à mon épaule et puis d'un coup, il s'est mis à peser un arbre mort et il est tombé sur le ciment.

J'ai cru qu'il était fait.

Il avait plus de couleur. Il était crayonné de traits gris. J'ai couru jusqu'à une cabine téléphonique. Au travers de la paroi vitrée, je voyais, là-bas, la foule qui s'ouvrait en deux en arrivant près du corps. C'est pas un mort qui l'aurait arrêtée. Ils continuaient à vaquer à leurs occupes, les gens. A peine si deux trois se sont déguisés avec des sourires gênés en passant près de la dépouille. Compassion aucune. Pas un geste. Personne pour venir en aide. Réconfort encore moins. Rien! Rien qu'un troupeau piétaillant vers des baises, des profits, des télés.

J'arrivais pas à obtenir Police Secours. A l'autre bout de la ligne, il y avait une voix qui serinait une politesse, qui répétait qu'elle était le commissariat du XIVe et qu'il fallait pas quitter. Et là-bas, au milieu de la foule qui continuait à défiler, d'un seul coup, il y a eu du nouveau. Le naufragé s'est mis à bouger. Je m'en souviens comme si c'était hier... Bon dieu! D'où je suis, je vois mon pogo qui se met à remuer les bottes. Il pédale en l'air. J'abandonne tout. Le téléphone, je laisse pendre. Je cours. J'arrive. Je me penche. L'horreur! Il se ranime. Papillote un œil. Laisse passer le soleil. Pince le nez. Respire pour de bon. Soubresaute à peine. Puis, sans prévenir, se relève sur ses badines. Et détale en caoutchouc.

Une fois chez moi, j'aurais dû me sentir peinard.

Au lieu de ça, j'ai vomi trois fois par sa faute. Je me suis couché. Tout ce que j'avais à faire, c'était de fermer les yeux et d'oublier une épave dans son genre. Mais il s'était installé. J'avais beau faire, respirer à fond, déconnecter ma matière cérébrale, imaginer des situations scabreuses où normalement on finissait immanquablement dans les bras d'une blonde captivante, rien n'y faisait. C'est lui qui était là. Avec ses yeux rouges. Avec son insistance. J'ai essayé le jazz, Le Duke à l'assaut de mes baffles. Bernique! Et pas de meilleur résultat sur la chaîne, même en balourdant Afrika Bambaataa, mister Rap, le père du hip-hop en personne. Rien! Juste le pogo dans la tête. Indélébile. Crocheté dans l'intérieur. Présent comme dans l'imagination. Deux sourires, trois vitesses, quatre mains caressantes.

J'ai fini par dormir. Mais il m'a suivi sous les draps. Fièvre et glace, il était au coin de mes rêves. Sommeil paradoxal saccagé, réveils en sursaut, sueur au creux des reins, angor à tous les étages du thorax, je n'ai rien pu faire de bon. Impossible de le secouer. Barbitus, pils rouges, oranges, bleues, tranxène, toutes les formes de dope, impossible de lui échapper. L'excès permanent des nerfs qui faisait ça. Dès que je sombrais, le pogo arrivait. Termes de blasphèmes, il écumait. Bave de colère au coin des lèvres, il écumait. Il me poursuivait de ses anathèmes. J'aurais voulu plonger dans la mer. Planctonner dans les fosses du Pacifique. Faire sargasse dans un marigot d'Amazonie. Me réfugier au fond d'un caisson d'isolation sensorielle. Mais toujours revenait l'image du cinglé aux yeux rouges.

J'ai avalé la pharmacie. Mon lit s'est mis à traverser l'Océan. Ça allait beaucoup trop vite. Le grand mât est tombé le premier. Tout pris sur la gueule. Et pas question de réparer. Tabarly, Riguidel et Surcouf étaient après moi. J'ai dérivé dans des creux de sept mètres. Le pogo se trouvait encore au fond de chaque lame. Elles étaient pourtant des vagues monumentales. De plus en plus hautes. Mais n'importe ! Bien calé dans ses bottes, Il marchait sur les flots. Une placidité indémaillable. Il buvait sa bibine.

Jusqu'à ce que le coma me mâche la tête à l'improviste.

C'est toujours difficile de remonter dans le noir. Parce qu'il n'y a pas de contours.

Je revenais de si loin que ça n'en finissait pas. Cette sonnerie qui m'obligeait à le faire était d'une cruauté infernale. Je n'avais pas assez d'oxygène pour tenir jusqu'en haut. Un étau autour du crâne. Les bronches vides. Au bord de la syncope, j'ai ressurgi à hauteur des poils de moquette.

Dans la pénombre, il y avait une paire de bottes devant mes yeux. J'ai palpé le caoutchouc. Ça sentait la marée. Le mégot, le refroidi. J'ai nagé la brasse coulée en direction de la salle de bains.

– Cesse de faire la tortue qui n'avance pas, a dit sa voix éraillée.

Et c'était Lui.

Il m'a enjambé. Floc. Il a tiré les rideaux. Il a ouvert la fenêtre et la ville est entrée dans la chambre.

– C'est vous ? j'ai risqué.

Il était porteur à bout de bras d'un abutilon. La plante, étrangement élancée, était enrobée de papier cristal. Il l'a posée devant moi.

– Dépêche-toi d'aller porter ça chez ma femme, il a fait. J'ai hâte qu'elle fasse ta connaissance.

– Ta femme ? je me suis permis.

– Ma veuve, il a corrigé. Je veux que tu la baises dans les plus brefs délais.

Je l'ai regardé avec la curiosité et la répulsion qu'il méritait. Je n'ai eu la force de rien dire.

– Ne discute pas comme d'habitude, a-t-il prononcé. Georgia a les plus beaux seins du monde. Où est le frigidaire ?

Comme d'habitude ! Quelle habitude ? On ne se connaissait que depuis quarante-huit heures !

– Va nous chercher une bibine, a-t-il dit. Et après, je t'indiquerai le mode d'emploi.

– Non, me suis-je permis.

– Si, il a tranché.

J'ai haussé les épaules. J'ai claqué la porte, mais je suis revenu avec une bière.

Il l'a bue tout entière. Ses yeux s'avivaient à mesure. Un beau rouge vif. Soudain, il m'a tapoté la joue.

– Ne te plains pas, a-t-il dit. Je te laisse le plus de liberté possible.

Il a redemandé une deuxième bière. Est-ce que

j'avais du schnaps ? Non, Ducon, je n'en avais pas.

– Appelle-moi Zac, il a redoublé de gentillesse.

Et il a allongé ses pieds sur le couvre-lit.

C'était une maison blanche. La pelouse était bien entretenue. Non loin d'un cèdre, un tourniquet rotatif fractionnait le temps en petites tranches de fraîcheur. L'arrière-plan sonore était constitué par un roucoulement de voix enfantines. Elles psalmodiaient une comptine d'où s'échappait parfois un rire. Cette répétition cadencée combinée avec le grinçant va-et-vient d'une balançoire aggravait l'état de lourdeur de la fin d'après-midi.

Avant d'atteindre le perron, la lumière encore rêche se faufilait entre les bouleaux. Elle arrivait jusqu'à moitié d'une véranda où le reste était une ombre douce, vaguement bougeuse, qui dansait à peine sur le dossier des sièges en rotin. Cette vibration dentelière épargnait seulement un vase terriblement bleu, planté sur une table de jardin, et qui buvait goulûment le soleil dans l'épaisseur de sa pâte de verre.

J'ai grimpé deux marches. J'ai sonné une seule fois. Georgia a ouvert. Elle était belle comme Ava Gardner. J'avais les bras stupidement tendus devant moi. Un sourire niais, je crois bien. Elle a dit :

– Ah, c'est vous la plante verte ?

Et aussitôt après, ses pupilles se sont rétrécies pour m'évaluer.

– Eh bien, entrez, a-t-elle dit. Posez ça n'importe où.

Elle m'a précédé dans l'entrée. Juchée sur ses talons, elle marchait avec des manières d'équilibriste. Sa robe dansait corolle et chaque pas tombait miraculeusement sur la marelle du carrelage. Elle s'était attribué les carrés noirs. J'ai suivi sur les blancs. C'était comme dans un rêve.

Nous avons traversé le living meublé avec des fauteuils par Mallet-Stevens et une réédition d'un tapis d'Eileen Gray.

– C'est à la cuisine que ça se tient, a-t-elle dit d'une voix neutre.

Elle a poussé la porte. Elle a allumé le néon. Elle a montré les robots, les mixers, le four à micro-ondes, l'évier et elle a parachuté sa robe.

Elle l'a enjambée et elle n'avait rien dessous. Elle est descendue de ses talons hauts. Elle a pris l'air aussi vulgaire que ça lui était possible et elle a dit :

– Saute-moi. Ne LE fais pas attendre.

Elle s'est approchée de moi et elle a pris mes lèvres. Sa langue avait l'autorité d'un fourmilier. Elle a descendu ma fermeture Eclair et elle s'est agenouillée devant moi. Elle m'a pris entre ses dents et je suis monté tout en haut. Elle m'a laissé sur le fil du rasoir. Elle a dit :

– Je ne sais pas où il avait ramassé celui de l'année dernière, mais celui-là était un sacré salaud. Il a voulu que ce soit dans les chiottes. Il m'a vraiment fait mal.

Elle l'a pris dans sa main et elle l'a fait grimper au mauve.

– Et toi ? Qu'est-ce que tu vas exiger ? Tu sais, Zac veut que ce soit le plus révoltant possible. Tu peux saupoudrer la table de farine si ça te chante et me prendre comme dans *Le facteur sonne toujours deux fois*. Tu peux aussi me tartiner de confiture et me faire ça comme à une chienne. N'hésite pas à me punir parce que si tu ne lui racontes pas quelque chose de vraiment cruel, il m'enverra quelqu'un d'autre la semaine prochaine.

Elle a bougé ses longs cheveux noirs. Un signe de désespoir.

– Je te jure, elle a dit, je préfère que ce soit bien dégueulasse en une seule fois et avoir la paix jusqu'à l'année prochaine.

Elle a mis en marche un petit magnétophone. Elle a orienté le micro dans notre direction.

– J'espère que les piles sont encore bonnes, elle a commenté.

Elle m'a guidé jusqu'à un coin de la pièce où était l'évier et elle m'a glissé dans elle. On est restés debout contre le mur. Elle était liquide et elle a fermé les yeux.

– Fourre-moi profond, elle a dit. N'hésite pas à me faire mal. Enlève-moi. Prends-ça pour lui. Qu'il me laisse en repos.

J'ai commencé à abîmer Georgia. Je jure que je devenais fou. La sueur coulait entre nous. Elle était tout ce qui nous partageait. Elle s'est mise à geindre. Elle était encore plus belle qu'avant. J'ai ouvert le robinet de l'évier derrière elle. Elle s'est raidie.

– Tu vas me brûler ? a-t-elle demandé.

J'ai trempé ma main dans l'eau fraîche et je lui ai passée sur le visage.

Elle a regardé du côté du magnétophone avec inquiétude.

– Ne sois pas gentil, s'est-elle cabrée. Pas de ça ! Fourre-moi !

J'ai remué dans elle et elle a recommencé à miauler. Elle organisait tout ce qu'elle pouvait avec son ventre. La terre entière s'est mise à devenir un point incandescent. Et j'ai donné jusqu'à la moelle. Elle est partie en renverse, en gesticule, en toupie-rage. On s'est creusés le plus possible.

Après, il faisait sombre. Le magnétophone avait disjoncté depuis longtemps. On était sur le carrelage. Chacun comme une croix. Etalés, flanelles, cherchant la fraîcheur.

Je me suis soulevé sur le coude. J'ai deviné le blanc de ses yeux qui me cherchait. Une femme comblée ça s'illumine comme une lanterne japonaise. Georgia brillait dans le noir. Je me suis levé.

J'ai regardé dehors. Sur la pelouse, il y avait un ballon couvert d'étoiles. Et un vélo couché sur le côté. Fatigué. J'ai ouvert la radio et John Coltrane a joué *Giant Steps*.

– Vous êtes ma quatrième plante verte en trois ans, a dit Georgia. La première année, il y en a eu deux. Le premier type était trop tendre, ça n'a pas suffi comme merde à Zac. Et avec toi, ce soir, c'est du pareil au même. T'es pas assez salaud. Ou c'est moi, va savoir, et j'ai grimpé trop haut.

Elle a tendu la main vers le magnétophone. Elle a éjecté la bande et elle me l'a tendue.

– Ça m'étonnerait qu'il se contente de si peu, dit-elle encore.

Elle a souri dans la pénombre. Elle a allumé une cigarette. Et quelqu'un s'est mis à marcher au-dessus de nos têtes.

C'était un pas lourd et régulier en provenance du premier étage.

– C'est rien, a dit Georgia. C'est Charles-Henri qui commence à avoir faim.

Elle s'est relevée. Elle a ouvert le frigo. Elle a sorti une omelette froide, des sandwichs et un yaourt aux fruits. Elle les a disposés sur un plateau. Elle m'a tendu une bouteille de Bordeaux pour que je la débouche.

– Il faut que j'aille arrêter le tourniquet dans le jardin, a dit Georgia.

Je mourrai
et j'irai vers mon père

A Daniel Rondeau

Plus la montagne se rapprochait, et plus le pilote prenait la couleur brique des éperons rocheux. Le petit bimoteur donnait l'impression de s'asphyxier.

A nouveau, le regard du passager quitta pour une fraction de seconde la paroi verticale qui se dressait face au cockpit, pour se poser sur la main droite de l'aviateur. Les doigts de ce dernier se crispèrent sur le petit robinet de cuivre. Ils répétèrent un geste à l'amplitude dérisoire, dans le sens inverse des aiguilles d'une montre.

– Pas de doute, señor, nous sommes passés sur le réservoir de secours, dit l'homme.

Des veines extraordinairement apparentes battaient à fleur de sa peau.

– Bon dieu! Mais essayez de grimper! gueula le passager.

Mais la voix de Dan Dancigers n'avait pas de poids dans l'air lourd. Elle ne pénétrait pas.

– Je ne peux pas, señor, dit le pilote. L'avion a du plomb dans les ailes. Du plomb.

Il avait les yeux fixes. Le cou tendu vers l'avant.

Au-dessus de lui, Dan remarqua, le soleil dessinait

une toupie incandescente qui vrillait l'habitacle. Mille escarbilles concentriques et mouvantes autour d'un point à la densité démesurément aveuglante. Un jaillissement rouge. Lignes et points conjugués. Une hémorragie chromatique proche de la douleur. De la vitrification. De la force totale. Proche de Dieu, pensa Dan. Inregardable.

Le nez de l'appareil sembla renifler la paroi du cirque dans lequel ils s'étaient laissé enfermer. Partout, il manquait la hauteur d'un building de dix étages pour passer au-dessus de la crête du ravin. Et au-delà, c'était un plateau qui s'ouvrait, inondé de chaleur. Du feu. Les moteurs se mirent à tousser et une ratée plus importante que les autres leur permit d'entendre le sifflement de l'air chaud sur l'empennage.

– Il y a une saleté qui bouche le conduit de raccordement, dit le pilote.

– Ordure de toi, dit Dan. Si tu avais fait le plein au lieu de garder l'argent dans ta poche!

Il jeta un coup d'œil furtif à ce bidon rouge absurde qu'ils avaient entre eux et qui symbolisait leur salut. Il passa sa langue sur ses dents. Bon dieu, le soleil et la peur lui coupaient la langue. Comme il avait soif! Et le temps n'en finissait pas de prendre des détours minutieux.

– Je ne veux pas mourir de cette façon-là, pensa Dan. C'est impossible. Pas moi. Je ne veux pas. Je ne peux pas.

Son intelligence se révoltait. La merde si chaque seconde ne devenait pas aiguë au point d'avoir la faculté de tout envisager à voix haute.

– Faites demi-tour! gueula-t-il, et cette fois, il

ressentit le son de sa voix comme si elle occupait tout l'habitacle.

– Pour aller où ? demanda le pilote.

Il retira ses Ray-ban et eut un geste court pour désigner ce qui les entourait. Des rochers. Des dents. Des haillons caillouteux. Un mur de rochers et des arbres soudain effrayants parce qu'en se rapprochant d'eux, on comprenait mieux leur échelle. Ils étaient hauts, nus, et tendaient leurs bras pour capturer l'avion.

« Je ne veux pas mourir de cette façon inepte, pensa Dan. Je suis parti. J'ai tout quitté pour retrouver mon père. Je veux choisir ma mort. J'y ai droit, je pense. Après tout ce que j'ai fait ! »

Au tout dernier moment, une vibration secoua les pieds des deux hommes, étrangement solidaires de la même crispation. Le moteur droit reprit le premier son chuintement de moustique fatigué. Celui de gauche communiqua un soubresaut à l'hélice. Après un hoquet, un peu de fumée bleue apparut en corolle, et, seulement alors, les pales s'emballèrent, se rejoignirent et disparurent dans un cercle de vitesse.

L'avion sembla retrouver une nouvelle qualité de respiration. Délivré des pesanteurs terrestres, il prit insensiblement de l'altitude. Son nez regardait le ciel, mais la pente qu'il remontait était beaucoup trop faible pour le bond qui lui restait à faire au-dessus de la crête.

– Il manque cinq mètres ! Jamais nous ne passerons. Virez ! Virez, bon dieu ! Nous allons nous écraser, disait Dan.

C'est ce qu'il disait et à mesure, il se rapetissait sur

son siège en parlant au pilote. L'autre continuait à vouloir réussir son projet insensé. Il était raide, muré dans son entêtement dérisoire qui passait par sa propre mort, victime d'une sorte de détachement divin qui le rivait à sa machine.

Le passager ferma les yeux un peu avant le tout dernier moment. Au travers de ses paupières closes, il retrouva la lumière pourpre du soleil. Elle l'habitait. Une turbulence de points incandescents qui s'ordonnaient et se désagrégeaient tumultueusement en un blason douteux.

« Je ne veux pas mourir de cette façon », hurla Dan à l'intérieur de lui-même. Et il perçut son ultime désarroi comme un orage d'une violence extrême.

Soudain, sa folie l'empourpra. En un geste diagonal, il palpa sa poche intérieure et en ressortit un rouleau de billets verts serrés par un élastique. Il les posa sur les genoux du pilote.

– Cinq mille dollars! hurla-t-il. Ils sont à vous!

Et ils avancèrent au-devant de la montagne.

– On n'achète pas la vie, dit le pilote. Je suis passé parce que Dieu l'a voulu.

Dan riait. Il n'avait pas d'explication. Il riait. Il riait à hauteur de sa peur. Il se sentait liquide dans son pantalon. Souillé sous lui. Bon sang que c'était rassurant de sentir votre propre matière vous échapper. Il tendit la main vers le vide-poche et trouva sa fiole de whisky.

« Jamais plus je ne me résignerai, pensa-t-il. Je triompherai toujours. » Il but longtemps. En fermant les yeux. En bloquant sa respiration. Quand le souffle lui fit défaut, il les rouvrit. Pas avant. Un pari à l'intérieur de son organisme. Pour sentir la force de son sang battre dans ses veines. Pour trouver envers lui-même quelque chose d'aussi parfaitement brutal que le soleil envers tous, un étourdissant disque qui perforait le plexiglas.

Quand il relâcha ses bronches, il vit, en se penchant vers la droite, les arbres, qui défilaient, jus verdâtre, vaincus par la vitesse. Restait l'immensité immobile de la jungle. Son opacité insondable qui buvait même l'Orénoque. Elle était là comme une réponse à la mobilité retrouvée du bimoteur. Comme une parade inventée pour contrer son pouvoir repris à cause de l'altitude.

Au sol, rien à voir. Rien. A part un tissu bleu, nimbé de vapeur à l'horizon, à l'ouest, les boucles du fleuve – comme des miroirs faits pour éblouir – et devant eux, toujours, interminablement, la forêt qui tissait sous l'avionnette un nouvel imbroglio végétal.

– Tu peux garder l'argent, dit Dan au pilote.

– Pas la peine de me tutoyer, dit le pilote.

Il empocha la liasse qu'il avait laissée sur ses genoux.

– Et pas de honte à prendre votre fric, dit-il. D'ailleurs, si je fais cette saleté de métier, c'est entièrement pour le fric.

Il ne regardait pas Dan. Il parlait à ses manomètres. A son manche à balai. A la poussière sur le tableau de bord.

– Fric, fric, fric, dit-il encore comme pour se désénerver.

Il remit ses Ray-ban qu'il avait retirées au moment

crucial et, toujours sans regarder son interlocuteur, tendit la main vers la bouteille.

– Donnez, dit-il, moi aussi j'ai besoin d'oublier toute cette merde.

La piste apparut, blanche comme une cicatrice. Des dizaines de griffures laissées par les jeeps s'en écartaient sans logique apparente. Elles disparaissaient rapidement, gommées par la végétation. Au bout d'une nervure plus épaisse, un avion gardait le nez planté dans un trou. L'une de ses ailes était restée derrière lui. Ébauche de squelette, ses structures étaient apparentes, au travers de l'entoilage déchiré.

– Je connaissais le type, dit le pilote en virant pour prendre son terrain. Ruysberg. Un Hollandais pas si maladroit que ça avec un zinc. Trop malin, je dirais. C'est lui qui a fait le premier arrivage. Les mineurs étaient trop nombreux. Toujours leur putain d'équipement. Et maintenant tout cela ne veut plus rien dire. Quelle merde! Il n'y a plus de diamants ici! Juste des morts!

Ils arrondirent un cercle au-dessus d'une clairière dont le glacis de terre blanche donnait l'impression d'avoir subi un bombardement. Deux mille trous, peut-être davantage. Des quadrilatères remplis d'une eau aussi bleue que celle de n'importe quelle piscine californienne sur un dépliant d'hôtel trois étoiles, autant de placers, aujourd'hui abandonnés, où des hommes creusant dix heures par jour avaient espéré ressortir la battée qui ferait d'eux des milliardaires.

– Fric, fric, fric, dit le pilote.

Il réduisit la vitesse et les ailes du bimoteur se mirent

à danser sur l'air chaud. En dandinant du cul, l'avion piqua vers le sol. Ils rasèrent la cime des copayers et, circulant dans une sorte de couloir où les arbres les dominaient, débouchèrent au-dessus de quatre ou cinq baraquements de tôle.

Dan vit nettement un groupe d'hommes, le visage tourné vers eux, qui agitaient leurs chapeaux, puis, l'avion aborda la piste. Le choc sourd des roues percutant la terre déclencha un univers de bruits. Rebondissant de nid de poule en excavation, l'avion cherchait sa stabilité sans la trouver. Il y eut une sorte de moment d'incertitude. Ensuite, le pilote commença à freiner et, après un rugissement des moteurs, à reprendre la situation en main. Brusquement, l'avion devint un simple engin mécanique qui roulait sur le sol pour chercher son chemin. Ils firent une cinquantaine de mètres, un demi-tour et s'immobilisèrent près de l'épave du Vicount.

Dès que les moteurs se furent tus, ils entendirent les insectes.

– Dans six mois les Indiens auront tout liquidé, dit le pilote en regardant du côté de l'épave. Ils découpent l'alu et en font des bijoux. Une fois, c'est arrivé au bout de deux ans, le Gouvernement a retrouvé un DC 3 disparu parce que la femme d'un commerçant de Ciudad Bolivar avait trompé son mari avec un douanier de l'aéroport de Caracas... Pauvre conne! Elle avait la boîte noire montée en pendentif!

Il ouvrit la portière de son côté et sauta dans la fournaise. Dan l'y suivit en sautant maladroitement. Pour lui, il y eut d'abord le sol blanc. Sa réverbération insoutenable. Le poids de la chaleur appuya sur sa nuque. Puis les yeux de cet enfant.

– Cigarettes ? Coca ? Tu veux une montre ? Tu veux manger ?

Une mouche se posa sur son front. Presque aussitôt sur sa joue. Sur la morve qui lui tombait du nez.

Dan regardait la terre.

– Señor ? Restaurant ? Tu veux une fille ?

L'enfant aspira sa morve. La mouche s'enfuit dans l'air torride.

– Moi, je ne reste pas, dit le pilote. Vous descendrez vos bagages.

Il courut lui-même jusqu'à la pompe, faisant signe au préposé de ne pas bouger de l'ombre où il se tenait. En déroulant le tuyau derrière lui, il grimpa sur l'aile de l'avion afin de refaire le plein.

Dan regardait l'autre extrémité de la piste. Les hangars abandonnés. Il semblait captif du temps immobile.

– Viens baiser ma sœur, dit le gosse. Elle est propre. Elle a dix-sept ans.

Comme un homme qui rentre le soir et sait ce qu'il va trouver, Dan se laissa prendre par la main. Le gosse le guidait vers la lisière de la forêt, là où se devinaient des baraques couvertes de plastique ondulé, et plus loin, derrière, la majesté du fleuve. Tout au long de la piste, il se retourna une seule fois. C'était pour répondre aux appels du pilote.

– Señor! Votre sac! Vos bagages! Vous les oubliez!

Dan fit un geste pour signifier que c'était sans importance et shoota dans une pierre.

L'enfant le tenait toujours par la main. Il ne manifestait plus d'impatience. Une jeep passa près d'eux avec huit chemises blanches à son bord.

– Les mineurs repartent, dit le gosse. Il n'y a plus de diamants. Ils repartent et nous serons pauvres comme avant.

Quand la poussière fut retombée, Dan se remit en marche. A côté de lui, le gosse se grattait le ventre.

Là-bas, dans la distance, les vapeurs d'essence gondolaient la silhouette de l'aviateur penché sur son réservoir. Il donnait l'impression, haut perché, d'être sur le point de disparaître magiquement, tellement son corps flottait dans l'espace saigné à blanc, ondulait, pris dans une mouvance invisible qui allait le dissoudre.

– Allons, dit le voyageur à l'enfant.

Et il franchit le rideau de perles du bordel.

– La Négra! Celle-là est ma sœur, a dit le gosse.

Il a désigné une grande fille à la peau sombre. Elle a ri les dents. Croupe merveilleuse. Ondule, ondule.

Tu la sautes par le cul, c'est ce qu'elle préfère! a dit le gosse.

Elle a ri les dents. Elle a trémoussé les seins. Mamelles suce, tu parles d'un boui-boui, son cul bougeur, elle faisait des simagrées. Elle a bougé, tchoup, tchoup. Elle a frappé ses cuisses. Tambour drum, elle a fait suçon avec ses lèvres.

– Aïe aïe aïe, a dit le gosse. Elle veut avaler tout ton argent!

Négra roule. Pile. Volte. Face. Aïe, aïe aïe. Ses pieds tricotent. Paumes. Zyeux. Provo, le ventre. C'est intense. Et la chaleur, la tête cognée au sang. N'importe qui aurait crié. Elle bougeait, Négra, devant le juke-box. Les fesses, tu flappes. Les bras, tu jettes. Paupières violettes. Blancs les yeux. Éclat de rire, tu mords. Elle a crié. Se tord, Elle s'est tordue. T'es mort. Danse et bascule. Dévergonde, t'occupes! Le ventre en débarcadère. Dancing. Passe-pied. Tortille. Avance. Encore. Recule. Plié, rond. Tordion du cul. Ondule, ondule. Bahihi, bahaha. Que ça, le rythme.

– Homme! Prends-la! Enfile comme je t'ai dit! glapit la voix du petit. Vois! Elle glisse comme la terre après l'orage!

Négra a ri. Tout soudain, s'est arrêtée. Vlam, finie. Ruinée sur place. Éteinte d'un coup. Boudeuse. Ce blanco qui ne fait rien. Tchi, gringo! Elle tourne le dos. Tant pis le mouvement. C'est fini.

– Elle boude, a dit le gosse. Elle est vexée. Plie un billet et mets-lui dans le cul. C'est ça qu'elle veut. Après, elle te fera l'éventail indien.

Négra a ri. S'est partie faire un tour. Pichenette sur le nez d'un mineur. Tape sur les fesses, accepte. Groupade. Un bolivar, tu plies. L'homme a mis son doigt. Un doigt, t'as le droit. Stop! Pas plus!

Négra est partie. La voilà au milieu de cinq putains du même acabit qu'elle. Société cul. Belles peaux. Bonnes putes au lit. Négra a dit. Cinq se sont penchées pour écouter. Hi! La plus petite a ri. Gringo, s'est retournée. Est venue. A embrassé le gosse. Marguerite rouge sur les lèvres.

– Dépêche-toi de bander, Paquito. Je te prendrai sur mon ventre. On jouera à cheval, on jouera à brouette!

– Va te faire voir, putana. Je te parle pas Rosita.

Rosita a ri. Fond de teint. Gerçures de près. La crasse qui rigole. Un diamant dans l'aile du nez. Cinquante piges, tu parles, toujours là.

Demain, je raccroche.

Rosita a regardé Dan. A fait cambrure, Rosita. Son corps sec. La nervure entre ses seins. Un ruisseau asséché qui se perd entre ses jambes. Jusque-là. Le ventre dur. Musclée.

– Nous sommes toutes les sœurs du gamin, a dit Rosita. Ça dépend de la queue qu'il met dans nos chattes!

A fait voir son vieux cul borgne en basculant vers l'avant. A pas glissés s'est chattée contre Dan. Regard au fond des yeux. Une effronterie de vieille tacticienne. L'enfer dans la mémoire. La langue qui bouge très vite dans la bouche. Les seins sur le plateau de sa main.

– Amuse-toi, a dit Rosita. Touche. Tu paieras après, gringo.

– Retire-toi! a dit le gosse. Cette fois, c'est Négrita qui est ma sœur.

– Nous sommes toutes tes sœurs, fils de pute, a dit petite Rose.

Elle a embrassé le gosse. Il s'est essuyé la bouche. Il a dit coq :

– Non. Retire-toi. Négra est plus propre que toi. Je veux ma commission.

Il s'est placé entre Dan et les filles. Il a protégé sa marchandise, ce grand type en costume blanc, avec des yeux d'alcoolique et un sourire fatigué.

Les filles ont ri. Elles ont dansé. Elles ont fait flotter leurs culs. C'était la même étoffe qui bougeait sur elles. Cinq petites sœurs, close-position. Voicing. Association Zig, zig. Samba, samba.

Elles tournaient comme les danseuses de Beija Flon.

– Je vais d'abord boire, a dit Dan.

Il a disposé de lui-même, en repoussant l'enfant. Il s'est approché du bar. Il a regardé le métis. Il a sorti un nouveau rouleau de billets verts et en a fait sauter l'élastique.

– Tout le monde boit, a-t-il dit.

L'œil crevé du métis a pris un reflet de nacre. Il a raflé l'argent. Il a répété :

– Tout le monde boit!

Les mineurs qui étaient là se sont approchés.

Il y avait le Français qui sentait si mauvais. Il y avait Aldo, l'Italien avec sa barbe grise, et aussi Kosalski qui se souvenait vaguement qu'il était polonais.

Il y avait les rires et la fumée. Les mouches et la musique. Une guitare à quatre cordes qui s'ébouriffait de fierté. Une odeur rance d'huile pour les cheveux des filles, d'épices pour faire rissoler le riz et les beignets. De fiente et de plumes, à cause des poulets qui picoraient sur le sol les miettes des hommes.

Il y avait tous ceux qui se taisaient et buvaient à petits coups l'alcool qu'on leur versait et auquel ils n'avaient plus droit depuis longtemps. Depuis le jour, exactement, où leur crédit avait été supprimé par le métis. On ne prête qu'aux riches. Ceux-là avaient tout gagé. Leur montre et leur tamis. Leurs chaussures, leur quattro et même la photo nue de leur femme au soir des noces.

Chili con carne. Téquila. Maïs.

Le soleil commençait à rougir de la fin du jour et les hommes continuaient à boire. Les plus bavards parlaient aux autres. Ils leur disaient des contes à dormir debout dont ils étaient les héros. Ils parlaient d'autres « rushes » vers les diamants. De découvertes exceptionnelles. De l'argent qui leur avait coulé entre les doigts. Plusieurs fois la fortune et plusieurs fois la défaite. Et les autres buvaient en souriant. Ils hochaient la tête, laissant celui qui parlait à sa déambulation rêvée d'une existence en tout point solitaire et cruelle. Ils buvaient. Ils buvaient toujours. Dan buvait. Les dollars buvaient. Money, money, money. Tous ceux qui étaient là buvaient depuis des heures.

Tu avais beau fermer les yeux, c'est au fond de la soupe que tu étais. Homme, remue, c'est là que tu étais. Au fond de ton jus. De ta blessure. Éclaboussant les autres de la fange de ta propre sagouille. Vie ratée, la tête entre les mains. Retardant la fin de ce verre d'alcool qui n'en finissait pas. Chacun évitant pour soi les lenteurs de l'agonie.

Quel est donc celui qui avait demandé à combien d'heures d'avion se trouvait la France ? Personne pour lui répondre. Les voix n'arrivaient plus. Le passé était comme un socle. Le présent, une statue. Le futur, la peur.

Derrière les barreaux de la fenêtre, juste au-dessus du coffre-fort du métis, le ciel préparait une grande bataille. Des nuages plus forts que des chevaux accouraient du fond de la clairière. Précédés d'un vent humide, entrecoupés de hennissements électriques, ils installèrent la nuit. Quand le premier éclat fit descendre son escalier de feu devant la cabane, tous se cherchèrent des yeux.

Une fille cria. Aussitôt après, elle se mit à rire avec

hystérie. La Négra, peut-être. La Négra peut-être a ri. Ou Rosita. Ou une autre avec ses seins, n'importe. Mais celle qui le faisait, riait pour conjurer sa peur. Elle exprimait sa terreur d'être sur la terre du Mal, au creux de la forêt du fourmillement. Elle riait. Et les autres s'étaient mises à rire aussi. Elles conjuguaient leur angoisse avec celle de la première. Les hommes, eux, se taisaient lourdement. Et tous furent à nouveau engloutis par les ténèbres.

Alors seulement le tonnerre, avec une sorte de force contenue, lente et progressive, enfla sa barbarie écrasante. Avec sa voix d'opéra, sûr de sa tyrannie absolue sur les êtres, il submergea les assassins, les aventuriers, les naïfs, les brutes et les femmes de ventre. Il les recouvrit complètement de son déferlement pénible et effrayant. Les nerfs se tendirent comme des cordes. Ils souffrirent. Et le déchirement inconscient des raisons – comme un chaos temporaire – céda la place, au fond de chacun, à un infime moment sans axe, sans suite et sans futur – une absence – préscience archaïque de la mort possible.

Un chien gris comme la poussière gueula dans l'aigu. Il rampa avec lâcheté sous la table la plus proche. Et la pluie battante se mit à déferler. Elle avançait en colonnes serrées et successives, progressant sur la forêt ainsi qu'un troupeau liquide, cent mille pattes de pluie de la largeur d'un sabot d'antilope, courant par rafales, piétinement affolé, dans l'immense corral qui descendait jusqu'au fleuve.

Pendant dix longues minutes, les hommes attendirent. Ils étaient à la disposition d'un pouvoir invisible et qui ne tient qu'au rien. Puis, peu à peu, comme une reculade, une sorte de calme précaire s'installa.

Déjà, par moments, les accès de rage et les pleurs de la nuit s'espaçaient. L'eau dégringolait du toit de palmes, rebondissait sur le plastique et régénérait tout sur son passage. Généreuse de sa sensualité sans formes, elle se lovait dans mille crevasses, épousant les replis et – cent mille rigoles – elle humectait les lèvres fendues de la terre ogresse. Dans le silence revenu, torrent après les gouttes, on entendait s'écouler l'eau de vaisselle des hommes. Avec le jus de la terre, elle retournait se jeter dans le fleuve et tout recommencerait.

A ces signes, Dan comprit qu'il s'approchait de son père. Il finit son verre pour exprimer que son corps bougeait encore. Pourvu qu'il le veuille. Pourvu qu'il endure. Pourvu qu'il vienne à bout du reste de la route.

– Oh, holy shit! murmura-t-il en se brûlant avec l'alcool.

Il roula sur ses coudes le long du bar et regarda du côté de la porte.

Détouré en bleu par un nouvel éclair, El Chino venait d'entrer dans la salle.

El Chino est entré dans la salle. Il est allé droit à l'étranger. Il s'est immobilisé devant lui. Sa machette était posée à la manière d'un sceptre dans la saignée de son bras, en diagonale de son ventre obèse et nu.

– J'aime qu'on soit fidèle à son rêve, a-t-il dit. Es-tu bien celui qui cherche les pas de son père ?

Malgré sa taille, Dan dut lever les yeux pour rencontrer ceux de celui qui s'adressait à lui. Ils étaient noirs, brouillés comme de l'encre, illisibles au premier abord, peut-être cruels et enfoncés dans sa face plate de poisson-chat.

– C'est bien moi. Et toi, qui es-tu ?

– Je suis celui qui commande aux orages, a dit El Chino.

Une moustache à peine. D'âge, pas. Trente-cinq ans peut-être. Des bras épais comme des cuisses et sur l'un d'eux, un trois mats tatoué sur la vague des muscles. Les cheveux luisants, huilés en longs copeaux. Deux cent cinquante livres de force et de ruse.

– Celui que mon père a mis dans ses livres ?

– Celui que ton père a enfermé dans ses mots, a dit El Chino.

Il a fait volte-face sans regarder les autres. Sur le pas de la porte, il a fait signe à Dan de le suivre dehors.

La pluie s'est remise à tomber. Elle n'avait plus la même façon vindicative de marteler les arbres. Elle enfermait plutôt le ciel et la terre dans le réseau uniformément gris d'un tissage rayé, assez peu d'horizon, et les éclairs continuaient leurs crimes imprévisibles. Au hasard, ils poignardaient les arbres de la forêt. De temps à autre, on entendait les plaintes de ceux qui étaient frappés en plein cœur, grincements de douleur lente, avant de s'abattre au sol dans un fracas de branches.

Dan suivait El Chino. La nuit entre eux deux, comme une couche d'ignorance, ils allaient sans se parler, se fiant aux méandres d'un sentier.

La pluie faisait un corps de bronze au géant. Pieds nus dans ses sandales, revêtu d'un short noir, il avançait avec une croupe de femme, les jambes légères, d'une agilité surprenante.

Soudain, il s'arrêta pour inspecter le ciel. Il le fit par degrés, avec une concentration extrême. Les éclairs incrustaient son regard tourné vers le haut. Le blanc dominait brusquement sous ses paupières asiates. Il porta son pouce et son index réunis au diamant qui ornait le lobe de son oreille. Il renifla ses doigts comme s'il leur voulait trouver une odeur confidentielle. Il sembla s'orienter en pivotant sur lui-même. Ses lèvres remuaient à peine. Puis, avec une lenteur exaspérante qui ajoutait à la solennité de son geste, il leva son arme de brousse et en planta la lame sur le fût d'un arbre récemment abattu.

– Par là s'en ira l'orage, a dit le colosse.

Il a montré l'axe de la lame. Il a ajouté un geste d'arrogance, avec le dos de sa main qui repoussait les nuées vers la montagne.

– Dans moins de dix minutes, l'enfer ira se déchirer plus loin. Là-bas – par-delà la Sierra Pacaraima, vers Bao Vista et le Brésil, a dit El Chino.

Dan l'a regardé. Lui. Ses yeux comme des bouteilles d'encre. Ses joues de grosse poupée. Son ventre d'idole. La force de ses muscles. Les copeaux huileux de ses cheveux. Tant d'illisibles pensées. Derrière les apparences, le confin des êtres.

– Tu crois vraiment à ton pouvoir? a interrogé Dan.

– Ton père ne posait jamais de mauvaises questions, a dit El Chino.

Nulle trace d'impatience dans sa voix, mais n'était-ce pas là l'indice d'une colère rentrée? Ses yeux, remarqua Dan, étaient capables de devenir totalement invisibles.

– Est-ce que ce que raconte mon père est vrai ? Tu as tué des hommes ?

– Je l'ai fait chaque fois que je me suis senti menacé.

– Tu t'es évadé de Cayenne ?

– Mon corps ne supportait pas les chaînes. Mon esprit s'est révolté. Le feu a consumé mon âme. Il fallait un brasier pour franchir les murs et les montagnes.

– Les policiers t'ont traqué ?

– Comme un animal. J'ai marché sur mon sang. Trois semaines sur le Tumuc Humac.

– Moi aussi, les policiers sont après moi.

– Je sais. Un homme du gouvernement est passé par ici. Ceux de ton pays lui ont demandé de chercher après toi.

– Ils ne me rattraperont pas vivant.

– La mort est un cheval qui vole.

– Dans sa dernière lettre, mon père a dit que tu m'indiquerais le chemin.

– Ton père pensait que tu finirais par venir. Il t'attendait depuis le jour où il avait lu le journal.

– Le journal ?

– Celui où il était écrit que le fils d'un écrivain célèbre était devenu un assassin.

Dan chercha le ciel. Les nuages s'y battaient pour fuir vers les montagnes.

– J'ai tué par amour, dit-il sourdement. J'étais désespéré.

– Ce que tu as fait ne regarde que toi. Qui suis-je pour te juger ?

– Dis-moi encore ce que disait mon père.

– Il disait que nous portons tous la faute des autres. Et, après ce qui t'est arrivé, il a commencé à être fatigué pour lui-même.

– Continue, je t'en prie. Que disait-il d'autre?

– Il disait qu'à force d'être ici, il n'avait plus besoin que de quatre mots pour s'exprimer. Il pensait en souriant tristement qu'on ne fait pas un livre avec si peu. A cause des lecteurs. Ils n'auraient pas compris. Ils auraient confondu les dernières forces du vieil homme avec de l'impuissance. Et le vieil homme était si triste que nous n'allions plus chasser. Il s'asseyait sur place. Sourire pendant des heures, sourire lui suffisait.

– De quoi est-il mort?

– Il n'est pas mort devant moi.

– Ça n'est pas une réponse.

– Le vieil homme disait que la vie va en se rétrécissant. Qu'il faut se dépouiller de tout ce qui alourdit nos poches et notre esprit. Il disait qu'il faut renoncer à tout ce qui disperse. Les sentiers et les branches. La poussière et la foule. Il disait qu'il faut aller là où la route est unique. Aller où l'on ne peut marcher plus loin. S'arrêter. Et affronter sa mort. C'est au plus près d'elle que l'homme risque de trouver son salut.

– Tu ne m'as pas répondu. De quoi est-il mort?

– Il n'est pas mort ici.

– C'est toi qui l'as aidé?

– Il était malade. Un crabe au fond de lui.

– Il est mort de ta main?

– Non. Je te jure. Il a marché.

– Dans quelle direction?

El Chino a montré la pointe de sa machette.

– Du côté où j'ai chassé l'orage. C'est là qu'il t'attend.

A l'est, de l'autre côté du fleuve, les nuages et le vent s'éloignaient en troupeau. Au-dessus d'eux, soudain, le ciel se déchira. Les deux hommes se regardèrent avec un mélange de méfiance et de fraternité.

El Chino a levé le bras.

– Vois, a-t-il dit, le ciel s'entrouvre. C'est par là qu'il faut passer.

Sans un mot de plus, Dan se mit en marche.

– Bonjour!

– Bonjour.

– C'est encore loin pour atteindre le fleuve?

– Ça dépend.

– Du chemin qu'on prend?

– Pas seulement. Ça dépend de moi.

Dan Dancigers fixa le garçon qui venait de surgir devant lui. C'était un grand blondin aux yeux trop rapprochés. Il se dandinait dans sa salopette bleue, mécanique comme un automate. D'un pied sur l'autre il passait. Terriblement angoissé. Voûté, avec sa mèche dans l'œil et ce drôle d'épi qui lui dessinait une crête dressée sur sa tête minuscule.

– Ça dépend de moi, répéta le microcéphale, si j'ai envie de vous laisser passer.

De sa poche de kangourou, il sortit brusquement un revolver. L'arme était ancienne, d'un calibre abasourdissant.

– Je tiens bien en main la pétoire, dit le garçon. Je recule pour pas que vous essayiez de me la faucher.

Il recula un peu, exactement comme il l'avait annoncé, et sourit. Un filet de salive reliait ses deux lèvres.

– J'suis content d'vous voir, m'sieu, dit-il après un long silence.

– Moi aussi, dit Dan. Notre rencontre est sûrement très utile.

– Sûr qu'elle l'est, dit l'imbécile. Pour vous, pour moi, pour ma grande sœur Cindie et pour mon beau-frère Jabbo.

– Qui sont ceux-là ?

– Ma famille. Je n'ai que ceux-là. Ah! fit-il.

Il n'y pouvait rien. Il luttait contre un tic qui lui arrachait la tête vers l'arrière à l'improviste. Une force absurde qui le jetait sur le côté.

– Ah!

– Le fait est que tu ne dois voir personne ici, dit Dan.

– Des voyageurs par-ci par-là. Le reste des personnes sont tous des vrais salauds, dit le microcéphale. Ils me foutent sur la gueule.

Dan bougea imperceptiblement, mais l'autre accompagna son geste avec son arme.

– Tentez rien contre moi, m'sieu, dit-il avec un vrai sourire maboul. Ça m'fait pas grand chose de tuer quelqu'un.

– Ça t'est déjà arrivé ?

– Deux fois. Et après chaque saloperie, j'ai été d'avantage sûr de moi.

– Bon. Qu'est-ce que tu me veux, au juste ?

– Trop tôt! Ça ne vous regarde pas encore.

– Tu veux de l'argent ?

Le microcéphale se marra niaisement.

– Ça ne t'intéresse pas l'argent ?

– Ça intéresse ma grande sœur Cindie et mon beau-frère Jabbo. Ça intéresse aussi mon tonton pourri qui s'fait appeler Simbad, mais qu'a jamais été marin qu'au lit.

– Est-ce que c'est lui qui s'occupe de faire passer le bac sur la rivière ?

– Lui et personne d'autre, dit le microcéphale.

– C'est lui que je voudrais voir.

– C'est chez lui que je vais, dit le microcéphale. D'ailleurs, y a nulle part ailleurs où aller.

– Marchons ensemble, dit Dan.

– Si vous voulez, mais ça ne change rien, dit le microcéphale en pointant le revolver. Passez d'vant, m'sieu ! J'risque drôlement de vous tuer !

Ils se mirent à marcher. Dan guettait le moment propice pour se débarrasser de lui.

– Vous êtes quelqu'un de la ville, dit l'imbécile chemin faisant. Je m'demande c'que vous êtes venu chercher par ici...

– La chose peut te paraître étonnante, mon gars, dit Dan sans se retourner, mais...

– Par ici, y a rien à trouver, l'interrompit l'autre.

– Tout juste ! C'est après moi que je cherche, figure-toi...

Le microcéphale gambada jusqu'à sa hauteur et le dévisagea curieusement.

– Ah ! fit-il, vous vous êtes perdu ?

Et son horrible tic lui bascula la tête sur le côté.

– Plusieurs fois, je te jure.

– Ah, fit-il en le regardant avec plus de curiosité

encore, et vous ne pouviez pas vous chercher ailleurs ?

– Il n'y a plus d'ailleurs. A Londres, à Amsterdam, à Paris, à New York, j'étais enraciné. J'avais mes amis. Des maisons. Mais tout ça n'existe plus. J'ai tout liquidé.

– Quoi ? Votre fric ?

– Mon fric. Mes voitures. Mon nom.

– Vot' femme peut-être ?

– Ma femme aussi, dit Dan. Je l'ai tuée.

Il s'était arrêté et faisait face à son interlocuteur. Le microcéphale, craignant une ruse, recula. Il prit l'air autrement plus malin qu'avant. Ses yeux en trous de je ne sais quoi qui s'étaient mis à reluire.

– Avec quoi qu'vous avez tué vot'femme ?

– Avec mes mains.

– Ah, ah ! fit l'idiot. Avec vos mains.

Il mit son coude devant son visage pour se protéger du soleil qui avait recommencé son enfer. Il chercha le regard de Dan Dancigers. Il avait l'air sincèrement intéressé.

– Moi, j'aurais fait ça avec du vinaigre.

– Du vinaigre ?

– Ouais. Du vinaigre et de l'eau chaude.

– On ne tue pas avec du vinaigre.

– Oui, mais il y a l'eau chaude, s'entêta l'autre. Vous pouviez la faire bouillir. Ah ! Qu'est-ce que t'en dis ? demanda-t-il soudain en passant au tutoiement.

– Si tu fais bouillir, qu'est-ce que ça change ? demanda Dan.

Il se déplaça imperceptiblement.

– Ça change tout. Ça change un max, s'emporta le

microcéphale. Plus tu bous, plus ça blanchit. Ça ramollit. Ah. Comme du crabe, si tu le fais bouillir. Et ça finit par perdre ses pattes à force d'être cuit, les bonnes femmes. Ah. Ça se détache. Ça disparaît. Capilotade !

– Bon. Je veux bien. Mais ça ne m'intéresse pas beaucoup ce que tu me racontes là. Laisse-moi continuer ma route.

– Je crois pas, dit l'autre. J'ai trop envie de vot'compagnie.

– Alors range ton revolver.

– J'suis pas sûr que j'devrais l'faire, dit le microcéphale.

Au milieu des vapeurs qui montaient du chemin, il se dandinait.

– J'hésite, marmonna-t-il, parce que j'ai peur que vous m'foutiez sur la gueule.

– Bien sûr que non, dit Dan.

– Oui, mais j'hésite quand même. Tant que j'ai ça entre les mains, j'suis plus fort que vous. Après, j'ai peur que tu me battes.

– On te bat souvent ?

– On m'jette des pierres principalement. Mais j'suis vache. Je m'laisse pas faire.

– Comment t'y prends-tu ?

– J'fais des détours. J'marche jamais droit. Chaque fois qu'il y a quelqu'un d'vant moi, j'm'arrange pour le voir le premier... et j'tourne autour de lui. Pour l'éviter.

– Mais alors, de cette façon-là, tu ne parles jamais à personne ?

– Si. Des jours comme aujourd'hui. J'braque un

type. Exactement comme c'qu'on vient d'faire. Vous passiez par là, alors ç'a été vot'tour. J'avais besoin de discuter. Ah! Je discute. On discute... Une supposition, j'discute avec vous, et quand j'suis rassasié, paf, j'vous tue!

– Je ne vais pas mourir de cette façon-là, figure-toi, dit Dan.

– Ah? dit l'autre. Vous êtes venu chez nous pour mourir autrement?

– Oui, dit Dan. Et ça, tu dois le comprendre. Un garçon comme toi peut le comprendre, insista-t-il.

– Faut pas dire ça, dit le microcéphale terriblement sur ses gardes. J'préfère être bête. D'ailleurs j'suis bête. Ma sœur Cindie dit que je suis con. J'aime bien quand elle m'ébouriffe.

– Laisse-moi t'expliquer, dit Dan.

L'autre fit non. Il se mit à se dandiner. Son front prit un mauvais pli. Il tendit le revolver devant lui avec une expression de réelle souffrance. Il avait l'air dangereux.

– Quoi? Ça veut dire que vous me feriez confiance? dit-il sincèrement effrayé.

– Entièrement.

– Ça n'arrivera pas, normalement, une chose pareille! On ne me fera pas confiance.

– Comment t'appelles-tu? demanda Dan.

– Non, non, dit le garçon en bougeant son revolver comme s'il allait tirer, ça aussi c'est un piège pour me désarmer... Mon nom n'a jamais intéressé personne... C'est rouillé. Ah. Je ne sais plus m'en servir. Un nom, ça n'ouvre rien...

Il fit sonner le trousseau de clés pendu à son ceinturon.

– Comment t'appelles-tu, insista Dan. Après, je te parlerai.

– Samuel, prononça rapidement le microcéphale. Ça pourrait se dire Sam.

– Tu vas comprendre, Sam. Je veux passer la rivière pour choisir ma mort. Est-ce que tu comprends ça ?

– La mort, la mort, dit Sam. Elle attire beaucoup de candidats à l'héroïsme.

Il passa rapidement sa main gauche dans sa crête.

– En réalité, je suis sûr que vous avez trouvé des diamants et qu'vous voulez aller les récupérer de l'autr'côté...

Il cracha un jus rouge à ses pieds et marcha dessus, brouillant son glaire avec la poussière du chemin.

– Tu te gourres, fiston. Je me fous des diamants. Je ne pense qu'à moi et rien ne me paraît plus urgent que d'échapper aux vivants. Est-ce que tu me crois si je dis cela ?

L'autre avec sa crête hésita.

– Je m'méfie, finit-il par avouer.

Et soudain :

– Pourquoi que vous m'donnez de l'importance, hein ? A part le revolver, j'n'en ai pas.

Il regarda Dan pendant un moment qui n'en finissait pas. Le soleil obscurcissait la vue à force de bombarder la terre blanche du chemin. Sans prévenir, le microcéphale bascula le chien du revolver vers l'arrière. Il fronça le nez, dessinant des nervures comme un masque.

– J'ai compris, dit-il. Vous voulez vous servir de moi pour passer la rivière en douce. Comme ça, personne ne vous suivra quand vous irez chercher les diamants. Si un seul homme vous suit, demain vous serez dix mille dans la forêt. Dix mille fous. Sacré pourriture à oreilles! La forêt entend tout. Ils sortiront de dessous les branches. Un peuple de salauds. Et se mettront à creuser.

Il s'interrompit et posa ses yeux rouges sur Dan.

– Vous avez des diamants, hein? C'est ça?

– Foutaises, je te jure, dit Dan.

– Marchez devant, dit l'autre. Je ne donne pas cher de vot'peau. Vous avez voulu m'faire croire que j'étais Sam, et c'était pour pas rencontrer Jabbo. Jabbo, mon beau-frère, avec toujours son flingot. Et pire que Jabbo, Tinto dont j'aime pas parler parce qu'il a des mains d'étrangleur quand il essaye de m'baiser dans le noir...

A la fourche d'une route et d'un sentier, le microcéphale s'arrêta. Deux chiens jaunes écossés par la gale vinrent au-devant de lui. Ils lui lêchèrent servilement les pieds. Après quelques pas encore, au fond d'une espèce de trou ménagé dans la broussaille, un homme surgit de dessous sa cabane. Il remonta vivement la pente, courant sur ses pieds sales et se planta devant Dan. Son haleine était puanteur d'oignon et de mauvais alcool. Ses bras pointaient un fusil.

– Où as-tu été pêcher celui-là, fiston? demanda-t-il.

Et sans prêter attention à la réponse du microcéphale, il fit deux fois le tour du prisonnier en s'adressant à lui :

– Que veux-tu? demanda-t-il. Je n'ai rien que tu puisses prendre.

– Je veux seulement aller de l'autre côté du fleuve,

dit le voyageur. Êtes-vous pas celui qui fait passer en face ?

Une fille appuyée sur sa hanche apparut à la porte de la maison de planches. Cousue dans une mauvaise robe de coton, sa peau sombre faisait ressortir un bijou indien.

– Oncle Simbad, çui-là n'est pas trop vilain, dit-elle à l'homme au fusil. J'en veux bien sur moi.

A contre-jour du soleil, elle releva une mèche qui lui rayait l'œil et posa sa main sur son propre ventre. Elle sourit.

– Tu peux lui donner moi, s'obstina-t-elle de sa voix traînante.

Elle s'accroupit brusquement. Elle posa ses bras tendus devant elle sur la pointe de ses genoux écartés et dévisagea Dan avec insistance.

– Je veux bien passer sous lui à condition qu'il me paye, dit-elle encore.

– Nous avons faim, s'excusa le vieux. Videz-nous vos poches, monsieur, et vous prendrez ma nièce Cindie, autant de fois qu'il vous plaira. Ils disent dans la région que c'est une réelle affaire au lit.

– Celui qui apporte l'ombre et le répit, celui qui apaise la soif et calme la faim d'une famille, peut se servir du ventre de ma femme, approuva un grand coquin d'homme.

Il avait des bretelles rouges et un œil louche. La moitié de sa joue était lisse et l'autre prise dans du savon à barbe. A la main, en guise de rasoir, il tenait un coutelas.

Dan recula.

– Ne le perds pas des yeux, Jabbo, dit Simbad le

marin. Prends le fusil. Surveille-le. Je m'en vas le fouiller...

Il courut sur ses pieds sales jusqu'à Dan, se fendit d'un sourire édenté, tira sur son maillot de marin pour se rajuster la mise, et demanda aimablement :

– Pouvons-nous voir la couleur de votre argent, monsieur ? Ou faut-il vous tuer ?

– Pas la peine, dit Dan en tirant sa dernière liasse de billets de sa poche. Vous pouvez tout avoir si vous me faites franchir le fleuve.

Le vieux Simbad tenait tout cet argent entre ses mains. Il regardait le jamais vu. Le palpait. Le comptait. N'en croyait pas sa bonne fortune. Au bout de ce manège d'émerveillement, ses chairs s'effondrèrent autour de la bouche. Elles se rejoignirent en une grimace d'émotion qui réduisit sa face de moitié. Ses joues tremblaient. Ses lèvres tremblaient.

– Je pleure, dit-il. V'la qu'je chougne à mon âge ! Jabbo ! J'en fais sous moi, je te jure ! Tant d'argent ! Tant d'argent dans ma main !

Il releva la tête.

– Va chercher à boire et à manger, Jabbo ! Appelle Tinto ! Déloge-le ! Charogne, il doit dormir par là ! Cindie ! Tête-d'Épingle ! L'idiot ! Tout l'monde ! J'vous donne le quart et j'garde le reste... Pour mes dents, monsieur, dit-il à Dan. Uniquement pour mes dents.

– Tu n'y arriveras pas, dit Cindie. Pas plus que les autres fois ! Tu boiras tes dents !

Le vieux se retourna furieux.

– Va à la niche, putain, dit-il. Fais fricasser de l'oignon. Et puis non ! Tête-d'Épingle le fera ! Fais-le, imbécile! Fricasse! Fais-les bien revenir et tout... J'veux qu'ils blondissent doucement, pas trop pris! Toi, Jabbo, cours acheter tout c'qui faut pour l'estomac... Allez-y monsieur, passez... La maison est ouverte. Cindie! Emmène-le! Fais-lui tout c'que tu sais faire! N'épargne rien. Surtout pas l'intérieur de ton cul! Monsieur a bien payé, donne-lui autant de rations qu'il le veut! Allez-y, monsieur... Passez, elle f'ra le nécessaire.

Cindie prit Dan par la main, mais c'est encore Simbad qui les empêcha de passer. Il s'approcha si près de Dan que ses petits yeux dansaient la gigue. Il exhalait un remugle infernal.

– J'ai fait faire un devis pour mes dents, dit-il confidentiellement. C'est arrivé au moins cinq fois dans ma vie. Et toujours j'ai dépensé l'argent mis de côté. Mais bon dieu, monsieur, cette fois-ci est la bonne! J'vais mâcher même si ça doit me coûter cher! J'vais mâcher, monsieur, ça j'vous jure! Une frénésie! Des envies de viande qui m'viennent sur le tard! Et p't'être même du chocolat!

Il tourna brusquement le dos à tous et s'en fut jusqu'à la véranda. Il le fit en courant sur ses mauvais pieds qui puaient. Il se jeta sur un vieux fauteuil à bascule, planta une herbe dans sa bouche et le fusil posé sur les genoux, commença à se balancer.

– Bon dieu, Tinto, s'égosilla-t-il en décochant un coup de pied à un aveugle qui dormait à côté de lui dans un hamac, j'crois bien cette fois qu'j'ai vu passer un scolopendre.

– Menteur, Simbad. Ça n'existe pas.

– Si, putain d'aveugle! Une abeille jaune et un scolopendre à mille pattes, j'les ai vus passer! D'ailleurs aujourd'hui tout existe. Il suffit de demander, sacré dieu! Et j'te jure que ça arrive!

– A ce moment-là, j'aimerais bien r'voir ma bite, souhaita l'aveugle.

Il se tourna sur le côté et prit son sexe entre ses mains. Il avait des doigts d'étrangleur et son truc était mauve de désir.

– Où est Tête-d'Épingle? gémit l'aveugle. J'aimerais bien qu'il me vienne en aide.

Mais Simbad ne répondit pas. Ses yeux malins regardaient du côté de la cuisine. Par la fenêtre, une bonne odeur d'oignons rissolés parvenait jusqu'à lui.

– Tu peux me prendre. Et tu peux me laisser, dit Cindie en regardant Dan. Ici, personne ne nous voit. C'est toi qui choisis.

Ils étaient dans la chambre, entourés de pénombre. La reproduction d'une Vierge par Cimabué ornait le mur juste derrière Cindie. Cindie s'était mise à poil. Dan se tenait en face d'elle. Assis sur le rebord du lit, il contemplait son corps lourd. Les replis de son ventre.

– Je suis la dernière femme avant de passer sur l'autre rive, dit Cindie. Ceux qui vont de l'autre côté ne reviennent jamais.

– Tu en as vu beaucoup passer?

– Un tous les deux ans, je dirais. Ceux qui arrivent jusqu'ici sont lents comme des éléphants.

Dans laissa basculer son regard entre les cuisses de la fille. Elle les ouvrit aussitôt, comme on ouvre un magasin. Elle possédait une grotte noire, aux longues lèvres pendantes et charnues.

– Tu sais, je sais faire vivre mon trou, dit Cindie. Regarde si ça t'intéresse... Je vais te faire un sourire...

Par la seule volonté de ses muscles, elle obtint de son sexe qu'il s'entrebâille comme une huître chaude. Des gencives demi-lune apparurent au travers d'une éclaircie, dans la broussaille de sa pilosité. Une sorte de rictus saumon et vertical. Une bouche sans dents, pensa Dan.

– Je peux aussi fâcher l'espoir, dit Cindie.

Et instantanément, le sourire se fana entre ses cuisses. Des plissures saillantes et grises remplacèrent l'aimable couleur de fruit mûr qu'elle avait inventée, et toutes ses chairs se rétractèrent doucement, prenant le chemin lent des infusoires.

– J'ai appris devant une glace, dit Cindie. Les heures sont longues. Autant s'occuper.

Elle posa ses prunelles sombres sur l'homme en complet blanc.

– Retire cela, dit-elle.

Elle l'aida avec des gestes maternels, plia la veste et la posa en travers du dossier de l'unique chaise. En s'éloignant avec le pantalon, elle offrit à Dan le balancement de ses fesses lourdes et fermes. Elle surprit son regard en se retournant. Elle étouffa un gloussement vulgaire et revint au bord du lit, se lover contre lui.

– Je te trouve rudement beau pour moi, mon salaud, dit-elle. C'est une chance que je ne dois pas laisser échapper.

Elle posa une main sur ses pectoraux et chercha son regard.

– Est-ce que tu es fort entre les jambes ? demanda-t-elle.

Elle rit.

– Est-ce que je peux le toucher ? Est-ce que tu seras fâché si je le fais ?

Dan arrêta sa main qui cherchait sur lui.

– J'étais sûre que tu m'empêcherais. Ça me fait rire.

Dan lâcha doucement la main de Cindie. Elle serra son poing, en fit une boule, et le logea tout contre la verge de Dan.

– Ma main est comme un chien qui attend, dit-elle. Tu es l'homme qui commande au plaisir.

– Comment était celui que tu as vu pour la dernière fois ? demanda Dan. Était-il beau ?

– C'était un vieil homme, dit Cindie.

Elle alluma un cigarillo et le piqua dans son sexe.

– Vois. Il sait fumer aussi. Et si je veux, c'est un vase pour les orchidées, dit-elle.

– Comment était ce vieillard ? demanda Dan.

– Je me souviens de lui. Il est venu au printemps. Il a hésité jusqu'à la saison des pluies. Un soir d'orage, il s'est décidé à venir sur mon ventre. Il criait comme un bébé chaque fois que je lui arrachais sa dernière semence. Et après, il parlait. On ne pouvait pas le retenir de le faire.

– Que disait-il ?

– Des phrases à quatre sens. J'aimais l'écouter.

– Il dormait ici ?

– Oui. Et il prenait ses repas entre mes seins. Après, il suppliait que je le prenne. Que je pompe son dernier foutre. Chaque fois, il mourait. Ce vieux-là voulait que je l'assèche.

– Il se punissait.

– Non. Il voulait se tarir. Il cherchait la fin de toutes les routes... Quand c'était fini avec les secousses, il disait qu'il était un fruit sec. Que la mort serait son dernier jaillissement. Il me parlait comme à une dame.

– Et les autres ? Ils le laissaient vivre avec toi ?

– Ceux-là ? Les brutes ? Ils étaient soûls du matin au soir ! Le vieux avait beaucoup d'argent à dépenser avant de mourir. Il est resté trois mois entre mes cuisses. C'est lui qui m'a appris qu'on peut endurer la saloperie des hommes à condition d'exercer la sienne. Nous avons tous un pouvoir. Une clé pour ouvrir les autres.

– Que veux-tu dire ?

– Que même dans cette porcherie où tout est force et abjection, mon ventre est un pouvoir plus fort que le fusil de Jabbo ou que les coups de Tinto quand il fait siffler sa ceinture...

– L'aveugle te bat ?

– Oh ! celui-là, s'arrêta-t-elle, Christ ! Avec sa queue mauve, il a entre les jambes un vrai gourdin de sang noir et je jure qu'il fait mal quand il vous perce...

– Il est ton amant ?

– Quand il me coince, je le prends sur mon ventre. Et je prends aussi mon frère, si tu veux savoir. Et mon mari. Et Oncle Simbad, s'il a trop mal à l'estomac. Tous ceux de la maison, je les prends dans moi. Je sers de fond et ils se déversent. Ils se débarrassent. Il faut bien s'entraider quand on est pauvres.

Elle s'arrêta de parler et son corps pesait de plus en plus lourd. Un abandon de sa poitrine. Un affaissement de ses reins. Elle finit par s'étendre et par toucher son propre ventre.

– Tinto aussi était venu ici pour en finir, dit-elle. Mais c'est un lâche. Il est resté. Et nous avons un tas d'ordures en plus.

Dan regardait la nuit coudre les rideaux de perles. Il y avait peu de différence entre les êtres. Ils perdaient leurs contours. C'étaient plutôt les odeurs qui comptaient. Ça et le son de leurs voix.

Au travers de la cloison, Dan et Cindie entendaient malgré eux les rires de plus en plus espacés de la famille. Toute la famille, terrassée par l'alcool, la viande et les oignons. Simbad se mit à chantonner. Le microcéphale poussa un cri. Il y eut un bruit de chaise qui tombe suivi d'une cavalcade vers l'extérieur. Simbad glapit le nom de Tinto et l'assortit d'un qualificatif ordurier. Le silence se referma sur les accents graves et espacés de la voix de Jabbo. Encore quelques gloussements intermittents comme dans un poulailler qui s'endort, et la cabane fit craquer ses vieilles planches.

Dans l'obscurité, attisant un point incandescent, le sexe de Cindie tira une dernière bouffée de cigarillo et elle le jeta sur le sol sans l'écraser.

– J'ai tout appris devant la glace, dit-elle.

Elle se rejeta sur le côté et tendit sa main libre vers une bouteille de parfum bon marché dont elle s'aspergea l'entre-jambes.

– Alors? dit-elle. Est-ce que tu veux baiser? Te perdre dans mon trou?

Dans ferma les yeux. Il sentit le poing de Cindie se

déplier contre ses bourses. « En fait, depuis longtemps déjà, je suis mort, pensa-t-il. Il m'a suffi de répéter jour après jour la mort de mon propre père. Allez, il faut faire davantage. »

– Viens rejoindre les autres, dit doucement Cindie. Déverse-toi, homme. Entre dans ma grotte. Dedans, tu verras, il fait de la lumière.

Et Dan rejoignit son père.

... Le Vieux Simbad coupa le moteur et le nez de la pirogue dériva insensiblement, trouvant la berge, de l'autre côté du fleuve. Cindie sauta le première. Elle aida Dan en le tirant à mi-bras pour être sûre de sa prise. Un mouvement d'homme, un balancement et Dan se retrouva contre elle. Le vieux passeur, menton appuyé contre sa perche, attendait. Posé à contre-courant avec tout le poids de son corps, il maintenait la barque à hauteur de la rive. Cindie franchit un rideau d'herbes hautes. Elle enroula la corde autour d'une racine de palétuvier et seulement alors, le vieux courut sur ses pieds sales et les rejoignit.

– Te voilà passé, fils, dit-il à Dan. Là où tu vas, tu n'as plus besoin de ta veste.

Il tendit la main pour qu'on la lui donne, comme si ce geste était naturel et ajouta :

– De ce côté-ci de la rive, l'argent ne veut plus rien dire. S'il te reste encore un billet ou deux ou même une piécette, tu peux me les refiler sans arrière-pensée pour remercier le nocher de la mort.

– Je ne possède plus rien, dit Dan. Vous m'avez tout pris.

– Il te reste tes bottes, dit Cindie. Elles me plaisent bien.

– L'argent ne veut plus rien dire, s'entêta Simbad. Retourne donc tes poches, l'ami, pour voir si tu n'as rien oublié...

– Rien, dit Dan. Maintenant, ce sont mes pas sur la terre qui me donneront le souffle.

Il retira ses bottes et les jeta devant Cindie.

– Tiens! Prends-les. Sauve-moi. Tu les donneras à ton prochain client.

Simbad aplatit son visage, mille replis comme un soufflet à feu. Il avait l'air de quelqu'un de contrarié.

– J'suis foutrement déçu par toi, fiston, dit-il. Tu n'as même pas de montre.

Il cracha au sol et se tourna du côté du soleil.

– Cette nuit, que j'te dise, nous avions si soif et si faim que ces foutus salauds ont dépensé l'argent de mes dents! Vois-tu fiston, à moi non plus il ne reste rien. Nibe de dalle! Pas un sou qui vaille... Jabbo m'a mis son couteau sur la gorge et Tinto m'a battu. J'ai dû tout donner. Jamais je ne mâcherai cette foutue viande dont je rêve! Mes dents! Autant pisser dans les Danaïdes! Toi, y m'semble, pendant c'temps, tu jouais à la bête à mille dos avec ma nièce! Tu t'amusais, non? Et à c'compte-là, j'crois bien qu'tu m'dois un geste...

Il regarda du côté de Dan en frippant son visage et en mouronnant comme le diable.

– Écoute fiston, que j'te dise avant qu'on s'sépare... Il faut que j'sois sûr que t'emmènes rien avec toi... C'est l'doute qui m'fait dire ça! Le doute que m'a mis mon sacré n'veu à tête d'épingle avec ses insinuations de quatre heures du matin. Oh, j'sais! C'est pas joli d'douter d'un presque mort, mais l'gosse a beau avoir que fifre dans le ciboulot, qué'que fois sa vacherie fait merveille. Il dit comme ça que t'as p't'être bien des diamants cachés sur toi...

– Tu tiens ma veste, je t'ai retourné mes poches. Laisse-moi aller.

– Pas, figure-toi! dit le vieux et tout soudain, il sortit l'énorme revolver du fond de sa poche de salopette.

– Enfant d'salaud! Si tu veux que j'me contente, faut que je voic, s'égosilla-t-il. Et que l'Seigneur me pardonne, mais c'est l'fond de toi que j'veux sonder!... Ici, plus d'un gars cache sa fortune dans un tube et le tube dans son garde-merde!... Allez fiston, faut m'montrer l'œil de bronze! Après, aussi vrai qu'j'ai tenu ma promesse de t'passer, je tiendrai celle de te laisser aller en enfer. Bon dieu, enfant d'salaud! Mets-toi à quat'pattes ou c'est ta cervelle que j'fais sauter!

La pétoire sembla effectuer une pirouette dans sa main et il bouscula brutalement Dan d'une poussée de canon. Profitant de son déséquilibre, il l'aplatit au sol. Ensuite, agile comme pas, il se tourna vers Cindie.

– Bon Dieu, fifille, pute à bras, grouille-toi de t'occuper des affaires de nous!

Il avait l'air passablement fou et capable de n'importe quoi. A l'improviste, il pivota sur ses pieds sales et frappa Dan à la tempe avec le plat de son arme.

– Fais c'que j'te dis, ma pute! Tu l'déculottes tant qu'il est consentant. Fourres-y ton doigt, c'est pas sorcier pour toi! Et si y a pas d'magie dans son cas, tu d'vrais vite trouver c'qu'on cherche!

Dan regarde la terre. Il est à quatre pattes. Sa tête saigne. Le canon du revolver est sur sa nuque. On le fouille. Plus rien n'est à lui. Le doigt de la fille le parcourt, le remonte, le griffe et l'assassine.

Il ferme les yeux. Il retrouve le soleil rouge sous ses paupières. Il s'absente. Il n'est plus là. Tout se renverse, libre et éclaté. Dan se sent porté au point le plus haut de son renoncement. Le plus inaccessible. « Après cette humiliation, pense-t-il, je trouverai une aveuglante rémission. Entièrement allégé du poids de ma souillure, assourdi de moi-même, de mes cris, de mes râles, délivré de mon abjecte passivité, radieux, simplifié, guéri, j'ouvrirai les bras pour embrasser l'inembrassable monde, je dirai oui au seuil de la nuit et j'irai vers mon père. »

– Il n'y a rien, dit la fille. Juste un peu de sang.

– Finie la chasse à l'espère, dit la voix de Simbad. Viens, fifille, rembarquons-nous. Celui-là n'a plus rien à nous donner.

La crosse du revolver s'abat sur la nuque de Dan. Un éclair blanc. Une brûlure. Et puis le noir.

Dan marche au creux du ravin. Depuis plus d'une heure, le chemin l'a quitté. Ses pieds nus tâtonnent sur les pierres brûlantes d'un torrent asséché. En haut de la pente se trouve la cabane. Encore une centaine de pas et Dan poussera la porte.

Là haut, tout est prêt.

Dan poussera la porte. Il verra que la pièce est vide. A part une table, un crayon et une feuille blanche, il n'y aura rien.

Si. Appuyés à la chaise, il y aura les canons d'un fusil chargé. Celui-là même qui servait à son père pour chasser les grands fauves.

Baby Boom

Par la porte entrouverte, il y aura trop de lumière. Dan s'assiéra. Il écrira quatre mots. Il tournera le fusil vers lui et avalera l'orage par la bouche. Puis viendra l'éblouissement, la fulgurance, l'étrange vitesse pure, l'apesanteur sans borne de la mort ardemment espérée. Dan ouvrira les bras pour contenir l'incontournable nuit, il dira oui au seuil du rayonnant espoir et s'en ira vers son père.

Table

Cet ouvrage a été
composé par Firmin-Didot
et imprimé sur les Presses
de l'Imprimerie Herissey
pour le compte des Éditions Mazarine
en avril 1985

Dépôt légal : 214 – avril 1985
43.01.0211.01
ISBN : 2.86374.193.4

Imprimé en France

43.0211.3